Genel Yayın: 4006

H. G. WELLS
ZAMAN MAKİNESİ
BİR BULUŞ

ÖZGÜN ADI
THE TIME MACHINE
AN INVENTION

SERTİFİKA NO: 40077

EDİTÖR
GAMZE VARIM

GÖRSEL YÖNETMEN
BİROL BAYRAM

DÜZELTİ
MEHMET CELEP

GRAFİK TASARIM VE UYGULAMA
TÜRKİYE İŞ BANKASI KÜLTÜR YAYINLARI

I. BASIM EKİM 2017, İSTANBUL
6. BASIM TEMMUZ 2019, İSTANBUL

ISBN 978-605-295-252-8

BASKI: ALFABE BASIN YAYIN SAN. TİC. LTD. ŞTİ.
İkitelli Osgb Mah. Hürriyet Bulvarı Enkoop Sanayi Sitesi
Enkoop 1.Sokak No:1 Kat:-1 Başakşehir/İstanbul (0212) 485 21 25
Sertifika No: 34185

TÜRKİYE İŞ BANKASI KÜLTÜR YAYINLARI
İstiklal Caddesi, Meşelik Sokak No: 2/4 Beyoğlu 34433 İstanbul
Tel. (0212) 252 39 91 Faks (0212) 252 39 95
www.iskultur.com.tr

ÇEVİREN: CELÂL ÜSTER

İngiliz Erkek Lisesi, Robert Academy ve İÜ Edebiyat Fakültesi İngiliz Dili ve Edebiyatı Bölümü'nde öğrenim gördü. 1983'te George Thomson'ın Tarihöncesi Ege adlı kitabının çevirisiyle Azra Erhat Çeviri Ödülü'ne değer görüldü. 1970'lerin başından bu yana aralarında Robert Louis Stevenson, Yaroslav Haşek, George Orwell, Juan Rulfo, Iris Murdoch, Maria Antonietta Macciocchi, Mario Vargas Llosa, Roald Dahl, Jorge Luis Borges, Paulo Coelho ve John Berger'ın yapıtlarının da bulunduğu 80'e yakın kitabı dilimize çevirdi. Uzun yıllar Cumhuriyet gazetesinin Kültür editörlüğünü üstlendi.

Modern
Klasikler
Dizisi - 107

H. G. WELLS

Zaman Makinesi

İngilizce aslından
çeviren: Celâl Üster

TÜRKİYE İŞ BANKASI
Kültür Yayınları

İçindekiler

Çevirmenin Önsözü

Zaman Makinesi (*Doktor Moreau'nun Adası*, *Görünmez Adam*, *Dünyalar Savaşı* ve *Aydaki İlk İnsanlar* ile birlikte), insanlığı nasıl bir geleceğin beklediğini yaşamı boyunca kaygı edinmiş olan İngiliz yazar H. G. Wells'in edebiyatta bilimkurgu türüne öncülük etmiş romanlarından biri.

Yalnızca İngiliz edebiyatının değil, dünya edebiyatının da kült kitaplarından biri durumuna gelmiş olan bu romandan söz etmeden önce, dilerseniz, bilimkurgu dediğimiz türün doğumu ve gelişimine kısaca bir göz atalım.

BİLİME DAYALI KURGU

Edebiyat alanında boy atıp sonradan sinema sanatının da en gözde türlerinden biri olup çıkacak olan bilimkurgu, bilimsel buluşların, teknolojik gelişmelerin, gelecekteki olaylar ve toplumsal değişimlerin insanlar üstündeki etkilerini araştırmaya, görmeye, düşlemeye yönelir. Bilimkurgu, bilimsel olgu ve ilkelerden yola çıkan gelecek tahminleri biçimine de bürünebilir, bu olgu ve ilkelere açıkça aykırı düşen, bilimdışı bir nitelik de alabilir. Yine de, bilime dayalı bir inandırıcılık sağlama çabası her iki yaklaşımın da olmazsa olmazıdır.

Örnek verecek olursak, Mary Shelley'nin 1818'de yayımlanan *Frankenstein* adlı gotik romanı da, Robert Louis Stevenson'ın 1886'da yayımlanan *Dr. Jekyll ile Bay*

Hyde adlı yapıtı da bilimkurgu türünün habercileri arasında sayılır. Buna karşılık, Bram Stoker'ın 1897'de yayımlanan *Dracula*'sını, tümüyle doğaüstü olaylara dayandığı için, bilimkurgu romanı saymak zordur.

Burada, Eski Yunan mitologyasındaki İkaros söylencesi geliyor aklıma: Efsanevi mimar ve heykeltıraş Daidalos'un oğlu İkaros, Girit kralı Minos tarafından babasıyla birlikte hapse atılır. Babasının kuş tüylerini balmumuyla yapıştırarak yaptığı kanatlarla hapisten kaçan İkaros, Güneş'e çok yakın uçtuğu için kanatları erir ve denize düşerek boğulur. İkaros'un, binlerce yıl sonra, Güneş sisteminde kuyrukluyıldızlar dışındaki bütün gökcisimleri arasında Güneş'e en çok yaklaşan o küçük gezegene adını verdiğini düşünürsek, bu söylence neden insan imgeleminin bilime kanat açtığı ilk öykülerden biri olmasın?

MERAK VE DÜŞGÜCÜ

Bilimkurgunun doğuşu ise, ancak çağdaş bilimin gelişmesiyle, özellikle de astronomi ve fizik alanlarındaki devrim niteliğinde gelişmelerle gündeme gelebilmiş. Bilimin gelişmesinde olduğu kadar bilimkurgunun gelişmesinde de merak ve düşgücünün azımsanmayacak bir payı olsa gerek.

On sekizinci yüzyılda bilimkurguyu muştulayan yapıtlar arasında, Voltaire'in uzay yolculuğuna yer veren *Micromégas*'sından (1752), Jonathan Swift'in insan doğası üstüne bir yergi niteliğindeki *Gulliver'ın Gezileri*'nden (1726) söz edebiliriz.

Gerçek anlamda bilimkurgu ise ancak on dokuzuncu yüzyılın sonlarına doğru, Jules Verne'in bilimsel serüven romanları ve H. G. Wells'in bilimsel yaklaşımlı toplumsal eleştiri romanlarıyla vermiş ürünlerini. Verne'in *Aya Seyahat* (1865), *Deniz Altında Yirmi Bin Fersah* (1870) adlı yapıtları ile Wells'in *Zaman Makinesi* (1895), *Doktor Moreau'nun Adası* (1896) ve *Dünyalar Savaşı* (1898) gibi romanlarının bilimkurguya öncülük eden ilk klasikler arasında olduğu söylenebilir.

CİDDİ BİR EDEBİYAT TÜRÜ

1920'lerden sonra yayımlanan ve giderek büyük ilgi gören bilimkurgu öyküleri, önceleri ciddi bir edebiyat ürününden çok, heyecan uyandıran, ilginç yapıtlar olarak değerlendirilmiş. Ama *Astounding Science Fiction* adlı derginin başına John W. Campbell'in geçmesi ve Isaac Asimov, Arthur C. Clarke, Robert A. Heinlein gibi yazarların öykü ve romanlarının yayımlanmasıyla birlikte, bilimkurgu eleştirmenler ve okurların gözünde ciddi bir edebiyat türü olarak değer kazanmış.

Yevgeni Zamyatin'in *Biz* adlı bilimkurgu romanının 1921'de Sovyetler Birliği'nde yasaklanmasını bile bu türün artık ne kadar ciddiye alındığının (!) bir göstergesi sayabiliriz sanırım.

Hiç kuşku yok ki, Aldous Huxley, George Orwell ve Kurt Vonnegut, Jr. gibi bilimkurgu dışında da ürün veren yazarların bu alandaki yapıtlarının da bilimkurguya saygınlık kazandırdığını vurgulamadan geçmemek gerekir.

İKİNCİ DÜNYA SAVAŞI SONRASI

Bilimkurgunun, özellikle İkinci Dünya Savaşı'nı izleyen yıllarda doruğuna tırmanmaya başladığını söylemek sanırım yanlış olmayacaktır. Düşünsel boyutunun daha da zenginleşmesi, karakterlerin daha da derinliğine işlenmesi, gittikçe daha çeşitli toplumsal ve ruhbilimsel sorunların vurgulanır olması, bilimkurguya çok daha geniş bir okuyucu kitlesinin ilgi duymasını sağlamıştır. Kimi bilimkurgu yazarlarına duyulan ilgi kült niteliği kazanırken, bilimkurgu yapıtları en çok okunan kitaplar listelerine giriyordu.

Savaş sonrası dönemin bu türe damgasını vuran yazarlarının başında J. G. Ballard, Ray Bradbury, Frank Herbert, Ursula K. Le Guin, İvan Yefremov, Stanislaw Lem sayılabilir.

Zamanla radyo, televizyon, özellikle de sinema bilimkurguyu çok daha geniş yığınlara ulaşan daha da popüler bir tür durumuna getirecek, Verne'in, Stevenson'ın,

Wells'in, Bradbury'nin romanları beyazperdeye uyarlanacak, Franklin Schaffner, Stanley Kubrick, Andrey Tarkovski, George Lucas, Steven Spielberg, Ridley Scott gibi yönetmenlerin filmleri bilimkurguyu sinema sanatının en gözde alanlarından biri kılacaktı.

DÖNEMİN GÜNCEL SORUNLARI

Edebiyatta bilimkurgunun temelini çağdaş bilimin gelişiminin itkisiyle insanlığın geleceğine duyulan ilgi ve merak oluştursa da, yeryüzünde gelecekte kurulacak toplumlara ilişkin bazen iyimser, bazen de kötümser tahminlerde bulunulsa da, yapıtların pek çoğunda yazıldıkları dönemin güncel ortamlarından, toplumsal yaşamlardaki yenilikler ve sorunlardan yola çıkıldığı, dahası kaleme alındıkları dönemlerin yönetim biçimlerine, toplumsal koşullarına, insanın doğaya karşı tutumuna acımasız eleştiriler yöneltildiği görülür.

Dr. Jekyll ile Bay Hyde, insan ruhunun iki yüzünün derinliklerini keşfe çıkarken, yazıldığı dönemin kaygılarını taşır. Büyük Britanya'yı on dokuzuncu yüzyılın büyük bir bölümü boyunca yöneten Kraliçe Victoria'nın adını taşıyan bu dönem, bir yandan kapitalizm ve sanayinin hızla gelişmesiyle görülmemiş bir teknolojik ilerlemenin gerçekleştiği, bir yandan da Avrupa ülkelerinin imparatorluklarıyla dünyayı parçalayıp paylaştıkları bir çağdır. Ne var ki, yüzyılın sonlarına gelindiğinde pek çok düşünür ve yazar bu ilerleme ve uygarlığın ülkülerini sorgulamaya başlamış, aydın çevreleri gittikçe büyüyen bir karamsarlık ve çöküş duygusu sarmıştır. Birçokları on dokuzuncu yüzyıl sonunun aynı zamanda Batı kültürünün alacakaranlığına tanıklık ettiği kanısındadır. Dr. Jekyll gibi bir bilgin ile Bay Hyde gibi bir yabanılı tek bir bedende yaşatan Stevenson'ın romanı yalnızca iyi ile kötü arasında değil, uygarlık ile vahşet arasında da yakın bir bağ kurar.

FELSEFİ İZLEKLER

Wells'in *Doktor Moreau'nun Adası* adlı yapıtı da bir on dokuzuncu yüzyıl sonu romanıdır. Doktor Moreau'nun bilinmeyen bir adada insan ve hayvan doğasına egemen olmak için kalkıştığı tüyler ürpertici serüveni, Wells'in kendi döneminin bilim, özellikle de tıp alanındaki baş döndürücü gelişmeleri yalnızca yakından değil, aynı zamanda eleştirel bir gözle izlemesine borçluyuzdur. Toplumcu bir dünya görüşünü benimseyen, insanlığın geleceğini dert edinmekten vazgeçmeyen Wells, bir gerilim romanı biçiminde gelişen *Doktor Moreau'nun Adası*'nda, döneminin toplumsal ve bilimsel yaşamında da gündemde olan fiziksel acı ve acımasızlık, ahlaksal sorumluluk ve insanın doğaya müdahalesi gibi pek çok felsefi izleği sorgular.

'TEK DEVLET' VE 'VELİNİMET'

Yevgeni Zamyatin'in, bugün bilimkurgunun başyapıtları arasında sayılan *Biz* adlı romanı da döneminin, yani devrimin hemen sonrasındaki Sovyetler Birliği'nin politik bir taşlamasıdır büyük ölçüde. Ülkesinin en parlak aydın ve edebiyatçılarından biri olan Zamyatin'in *Biz* adlı yapıtında, işçilerin özel yaşamlarının olmadığı, ad yerine numarayla çağrıldığı, birörnek giysiler giyip yapay yiyeceklerle beslendiği, cinsel yaşamlarının bile yetkililerce düzenlendiği "Tek Devlet"teki yaşam anlatılır; devletin başında oybirliğiyle sürekli yeniden seçilen "Velinimet" vardır.

1920'ler için ürkünç bir gelecek toplumudur Zamyatin'in anlattığı. Ama ülkesinde ancak gizlice okunabilen *Biz*'in, Sovyetler Birliği'ndeki sosyalizmin daha ilk yıllarındaki yanlış uygulamaların alaycı bir eleştirisinden başka bir şey olmadığını, anlaşıldığı kadarıyla, en iyi kavrayanlar dönemin yöneticileri olmuş, kitabın Rusça özgün metni ancak 1927'de Prag'da yayımlanabilmiştir! Bir gelecek toplumu portresi çizen *Biz*'de, Sovyetler Birliği'nin gelecekteki yıkılışının temel nedenlerinin ipuçlarının yaratıcı bir yazar tarafından yıllar öncesinden görülmüş olması hiç de şaşırtıcı sayılmamalıdır.

Aldous Huxley, 1932'de yayımlanan *Cesur Yeni Dünya*'da, hiçbir bireyin bilimsel denetim ve koşullanmadan kaçamadığı gelecekteki (İsa'dan Sonra 2540, Ford'dan Sonra 632) bir dünyayı anlatırken, kendi dönemini olduğu kadar, belki daha çok tüm bir çağımızı çağrıştıran teknolojinin iktidarına karşı bir uyarıda bulunur.

TOTAL TOTALİTARİZM

Orwell'in *1984*'ü de insanlığın karşısına dikilen "total totalitarizm" tehlikesine karşı edebiyatın bağrından yükselen bir uyarı çığlığı değil midir? Evet, kitapta anlatılanlar gelecekte geçer, ama aynı zamanda, günümüz toplumlarında gücü elinde tutmak, iktidarı sürdürmek uğruna uygulanan yönetsel, dinsel, dilsel, ulusal, cinsel, ahlaksal, eğitsel baskılar ve dayatmaların kapkaranlığından kulaklarımızda çınlayan bir sis çanıdır bu roman. *1984*'te betimlenen toplum, hem içinde yaşadığımız bir karabasan, hem de her an yaşayabileceğimiz olası bir korkulu düş olarak önümüzde durur.

Ray Bradbury'nin 1951'de yayımlanan *Fahrenheit 451* adlı yapıtı da baskıcı bir gelecek toplumunda geçer; kitapların "itfaiyeciler" tarafından yakıldığı, insanların televizyonlarda beyin yıkayıcı programlardan başka bir şey izlemediği, kitap bulunduran, dolayısıyla da "düşünmeye eğilimli" insanların ortadan kaldırıldığı bir gelecek toplumunda.

Gerçi Bradbury pek çoğumuzca devlet sansürünün gelecekteki bir izdüşümü olarak yorumlanan *Fahrenheit 451*'in aslında "televizyonun insanların edebiyat yapıtları okumaya duydukları ilgiyi nasıl yok ettiğini" anlatan bir öykü olduğunu açıklamıştır sonradan, ama bu romanı bugün, yayımlanışından yetmiş yıla yakın bir süre sonra okuyanlar bile yalnızca televizyonun zihinleri iğdiş edici etkilerini değil, aynı zamanda yaşadıkları toplumun değişik alanlarında karşılaştıkları düşünceyi birörnekleştirici baskıları bulmaktadırlar.

Bradbury'nin iki sözü bile onun bilimkurgu yapıtlarında ne yapmak istediğini yeterince açıklamaktadır: "Robotlardan korkmuyorum. İnsanlardan korkuyorum." Ve "Edebiyat, uygarlığın emniyet sübabıdır."

DİSTOPYALARA YÖNELİŞ

Diyeceğim, bilimkurguyla birlikte edebiyat, Thomas More'ların, Tommaso Campanella'ların, Francis Bacon'ların ütopyalarını ardında bırakmış, sınıflar arasındaki uçurumların giderek büyüdüğü, toplumsal çalkantıların şiddetlendiği, ama bir yandan da teknolojinin görülmemiş bir hızla geliştiği, yepyeni buluşların birbirini izlediği bir çağda karamsar karşı-ütopyacı romanlara, insanlığın insanlıktan çıktığı, totaliter yönetimlerin gemi azıya aldığı, doğa ve çevre yıkımlarının patlak verdiği, toplumların dehşet verici çöküşlere sürüklendiği distopyalara yönelmiştir.

Denilebilir ki, insanoğlunun geleceğe ilişkin merak ve düşgücünden doğan bilimkurgu edebiyatının büyük bir bölümü, yaşadığımız çağın, vardığımız uygarlığın insanın insanlığını, doğanın doğallığını giderek yok edişinin sorgulanışıdır.

Zaman Makinesi'ne dönersek: H. G. Wells'in 1895 yılında yayımlanan ve bilimkurgu edebiyatının öncülerinden sayılan bu romanında Zaman Gezgini, kendi buluşu olan Zaman Makinesi'ne biner ve Sekiz Yüz İki Bin Yedi Yüz Bir yılına gider. Dönüşünde, dönemin, Büyük Britanya'nın Victoria çağının son döneminin entelektüel kesimlerinden (bir hekim, bir yayın yönetmeni, bir gazeteci, bir ruhbilimci, vb.) bir kesit oluşturan dost meclisinde, Sekiz Yüz İki Bin Yedi Yüz Bir yılında ve daha da ötesinde görmüş, yaşamış olduklarını ayrıntılarıyla anlatarak Zaman Makinesi adını verdiği icadının gerçekliğini kanıtlamaya çalışacaktır...

BİR BULUŞ

Evet, Zaman Gezgini'nin zamanda yolculuğa çıktığını ileri sürdüğü Zaman Makinesi, kitabın altbaşlığında da vurgulandığı gibi, her şeyden önce bir "buluş", bir "icat"tır; teknolojik uğraşların büyük bir atılım yaptığı, irili ufaklı icatların birbiriyle yarıştığı bir çağda, bir yerden başka bir yere gitmek için değil, bir zamandan başka bir zamana, şimdiden geleceğe gitmek için yapılmış bir buluş.

Aslında, *Zaman Makinesi* kendi alanında bir ilk değildir. Wells'den önce zaman yolculuğu üstüne fanteziler kaleme almış yazarları yabana atmamak gerekir. Ama edebiyatta "zaman yolculuğu" kavramını ilk kez 1888'de yayımlanan "The Chronic Argonauts" adlı öyküsünde ortaya atan ve *Zaman Makinesi* adlı romanında bu kavrama ilk kez bilimsel varsayımsal yaklaşımlar getiren Wells olmuştur. Zaman Gezgini, zamanda çıktığı yolculuğu dostlarına anlatırken, "dördüncü boyut" üstüne uzun uzadıya kuramsal görüşler ileri sürer ve zaman yolculuğu sırasında gözlemlediği çarpıcı gökbilimsel ve evrimsel değişimleri betimler. Anlattıklarının birçok bölümünde, Charles Darwin'in on dokuzuncu yüzyılın ortalarında bilim çevrelerini derinden sarstığı kadar din çevrelerinin de tepkisini çeken evrim kuramının en coşkulu savunucularından, İngiliz biyoloji bilgini ve hocası Thomas Henry Huxley'nin düşüncelerinin payı hiç de az değildir.

İNSANLIĞI BEKLEYEN YAZGI

Zaman Makinesi'ni okurken, binlerce yıl sonrasının insandışılaşmış yaratıklarıyla tanışırken, yıkık dökük bir dünya ve doğayı izlerken, Wells'in toplumcu politik görüşleri ve yaşama bakışı, yaşadığı dönemin sanayileşmiş toplumu ve toplumsal yozlaşmayla ilgili derin kaygılarının dile geldiğini görürüz, sanki bir anlamda dünyanın sonuna, insanlığı bekleyen yazgıya tanıklık ederiz.

Gerçi bir serüven öyküsü geriliminde seyreden roman boyunca, Zaman Gezgini'nin Morlock'ların yeraltıdünyasında yaşadıkları, karanlık orman karşısında kapıldığı korku, Eloi'lardan küçük güzel Weena'yla ilişkisi, insan ruhunun gizli kovuklarında gezdirir okuru, ama yine de Zaman Gezgini'nin ağzından dinlediğimiz Sekiz Yüz İki Bin Yedi Yüz Bir yılının öyküsü, Victoria Çağı İngiltere'sinin son dönemlerinin politik bir yorumundan, anlatılan distopya da insanlığı bekleyen ürkünç gelecekten başka bir şey değildir.

BİRKAÇ BEYAZ ÇİÇEK...

Victoria Çağı'nın gittikçe keskinleşen sınıf ayrımları, önünde sonunda gerçekten de yerüstünde hiçbir şey üretmeden yaşayan Eloi'lar ile yeraltında sürünen Morlock'ların korkunç dünyasına mı varacaktır? Wells'in *Zaman Makinesi* yer yer kapitalizmin Marxçı eleştirisi boyutlarına erişir.

Zaman Gezgini, Morlock'ları kendisinden uzaklaştırmak için insanlığın ilk buluşlarından biri olan ateşi kullanır; ama ateşin, bir başka deyişle teknolojinin ya da uygarlığın denetimini elinden kaçırınca koskoca orman yanıp kül olur...

Zaman Gezgini'nin tüyler ürpertici gelecekten geriye getirdiği biricik somut kanıt, Weena'nın cebine bırakmış olduğu birkaç beyaz çiçektir. O birkaç çiçek, insanlığın karabasana dönmüş geleceğindeki tek umuttur belki de; ama onlar da solup kurumuştur artık...

Kitabın sonlarına doğru, "Daha İleri Bir Düşgörü" başlıklı bölümde, Zaman Gezgini çok daha uzak bir gelecekte bulur kendini. Romanın edebî açıdan belki de en yetkin düzeyine eriştiği bu bölümde, yalnızca insan yaşamı değil, nerdeyse tüm bir yaşam son bulmuştur...

Wells'in 1900'lerin başlarında yazacağı ve aşağı orta sınıftan kişilerin beklentilerini, düşkırıklıklarını işleyeceği mizah romanlarının temel konusunu da, bilimkurgu kitaplarında olduğu gibi Batı toplumunun sorunları oluşturacaktı. Aynı yıllarda geleceğe ilişkin öngörüler üstüne kurulu yapıtlarında toplumsal ilerlemeyi savunan Wells'in insanlığın ilerlemesine olan inancı, Birinci Dünya Savaşı'ndan sonra hakça ve kalıcı bir barışın sağlanamamasıyla birlikte sarsılacak, uygarlığı tehdit eden gelişmeleri önlemek için çalışmayı sürdürmekle birlikte iyimserliği gittikçe azalacak, İkinci Dünya Savaşı'nın patlak vermesiyle birlikte geleceğe olan inancı tümden yitip gidecekti...

ELİNİZDEKİ ÇEVİRİ

Sonradan, dönemin saygın editörlerinden William Ernest Henley, Wells'den aynı izlek üstüne bir tefrika roman yazmasını istemiş, Wells'in kaleme aldığı metni 1894'te *National Observer* dergisinde tefrika etmişti. Henley, aynı yılın sonlarında *New Review* dergisinin editörlüğünü üstlendiğinde, Wells'den romanın değişik bir yazımını istemiş, bu farklı metin de 1895'in Ocak-Haziran ayları arasında tefrika edilmişti. Wells, daha sonra, romanın kitap olarak basımı için metinde daha başka değişiklikler de yapmış ve kitap 29 Mayıs 1895'te William Heinemann tarafından yayımlanmıştı. Henry Holt and Company'nin olasılıkla farklı bir elyazmasından yayımladığı bir basım daha bulunmasına karşın, günümüzün hemen bütün yeniden basımlarında Heinemann basımının metni temel alınmaktadır. Elinizdeki çeviri de Heinemann metninden yapılmıştır.

Celâl Üster
Ağustos 2017

WILLIAM ERNEST HENLEY'ye[1]

I. Giriş

Zaman Gezgini (onu böyle anmak yakışık alır) bize çapraşık bir konuyu açıklıyordu. Gri gözleri pırıl pırıl ve kıpır kıpırdı, genellikle solgun olan yüzüne bir parlaklık ve canlılık gelmişti. Şömine ışıl ışıl yanıyor, gümüş zambaklardaki[2] göz kamaştırıcı ışıkların yumuşak ışıltısı kadehlerimizde bir görünüp bir kaybolan kabarcıklara vuruyordu. Onun buluşu olan koltuklarımız sanki üstlerine oturmamızdan çok, bizi kucaklamak, sarıp sarmalamak için yapılmışlardı ve akşam yemeği sonrasının rehavetinde düşünceler şaşmazlığın tuzaklarına düşmeksizin zarafetle akıp gidiyordu. Ve biz orada, onun bu yeni tutarsızlığı (öyle sanıyorduk) konusundaki ciddiyeti ve yaratıcılığına hayranlık duyarak miskin miskin oturaduralım, o belirli noktaları ince uzun işaretparmağıyla vurgulayarak anlatmayı sürdürüyordu.

"Beni can kulağıyla dinlemelisiniz. Nerdeyse herkesçe kabul görmüş bir iki düşünceyi çürütmek zorundayım. Örneğin, size okullarda öğretilen geometri bir kavram yanılgısı üstüne kuruludur."

Kızıl saçlı, uzlaşmaz biri olan Filby, "Daha işin başında çok kapsamlı bir konunun içine girmemizi beklemiyor musunuz bizden?" dedi.

"Akla uygun bir dayanağı olmayan bir şeyi kabul etmenizi istemek gibi bir niyetim yok. Birazdan sizden umduğum kadarına aklınız yatacak. Matematiksel bir çizginin, sıfır kalınlığında bir çizginin gerçek bir varlığı olmadığını hiç kuşkusuz biliyorsunuz. Herhalde bunu öğretmişlerdir size. Matematiksel bir düzlemin de gerçek bir varlığı yoktur. Bunlar matematiksel birer soyutlamadan başka bir şey değildir."

"Tamam," dedi Ruhbilimci.

"Yalnızca uzunluğu, genişliği ve kalınlığı olan bir küpün de gerçek bir varlığı olamaz."

"Buna karşı çıkıyorum," dedi Filby. "Katı bir cisim pekâlâ var olabilir. Gerçek nesnelerin hepsi—"

"Pek çok insan öyle sanır. Ama durun bakalım. *Anlık* bir küp var olabilir mi?"

"Sizi anlayamıyorum," dedi Filby.

"Varlığını hiç sürdüremeyen bir küpün gerçek bir varlığı olabilir mi?"

Filby'yi bir düşüncedir aldı. Zaman Gezgini, "Açıkçası," diye sözünü sürdürdü, "herhangi bir gerçek cismin *dört* yönde uzantısı olmalıdır: Uzunluğu, Genişliği, Kalınlığı ve – Sürekliliği olmalıdır. Ama insan doğasının birazdan açıklayacağım bir zaafı yüzünden görmezden gelmeye yatkınızdır. Aslında dört boyut vardır, bunların üçüne Uzay'ın üç düzlemi diyoruz, dördüncü boyut ise Zaman'dır. Ama ilk üç boyut ile dördüncü boyut arasında gerçekdışı bir ayrım yapma eğilimindeyizdir, bunun nedeni bilincimizin hayatımızın başından sonuna kadar bu dördüncü boyut boyunca kesik kesik ilerliyor olmasıdır."

Lambanın üstünden purosunu yeniden yakmak için akla karayı seçen çok genç bir adam, "Burası," dedi, "burası hakikaten çok açık."

"Bakın," diye devam etti Zaman Gezgini, "bunun bu kadar yaygın bir biçimde görmezden gelinmesi son derece dikkate değer"; keyfi biraz olsun yerine gelmiş gibiydi. "Dördüncü Boyut'tan söz eden bazı kişiler farkında olmasalar da Dördüncü Boyut'tan kastedilen budur aslında. Zaman'a farklı bir biçimde bakmaktan başka bir şey değildir.

Bilincimizin Zaman boyunca ilerlemesi dışında, Zaman ile Uzay'ın üç boyutundan herhangi biri arasında hiçbir fark yoktur. Ama bazı ahmaklar bu düşünceyi tersinden anlıyorlar. Bu Dördüncü Boyut konusunda neler diyebildiklerini hepiniz duymuşsunuzdur herhalde."

"*Ben* duymadım," dedi İl Başkanı.

"Basit yoldan anlatayım. Matematikçilerimize göre Uzunluk, Genişlik ve Kalınlık adı verilebilecek üç boyutu olan Uzay, her zaman, her biri öbür ikisine dik açılı olan üç düzlemle bağıntılı olarak tanımlanır. Ama bazı felsefeciler, ne zamandır neden ille de *üç* boyut, neden bu üçüne dik açılı bir başka yön olmasın, diye soruyorlar; hatta Dört Boyutlu bir geometri oluşturmayı bile denediler. Profesör Simon Newcomb, bunu daha bir ay kadar önce New York Matematikçiler Derneği'nde açıklamıştı.[3] Üç boyutlu bir cismi yalnızca iki boyutu bulunan düz bir yüzey üstünde nasıl betimleyebileceğimizi biliyorsunuz; aynı biçimde, dört boyutlu bir cismi üç boyutlu maketlerle betimleyebileceklerini düşünüyorlar – o nesnenin perspektifine egemen olabilirlerse. Anladınız mı?"

İl Başkanı, "Sanırım," diye mırıldandıktan sonra kaşlarını çatarak derin düşüncelere daldı, gizemli sözler mırıldanıyormuşçasına dudaklarını kıpırdatıyordu. Bir süre sonra, bir an gözleri parlayarak, "Evet, sanırım şimdi anladım," dedi.

"Peki, bir süredir bu Dört Boyut geometrisi üstünde çalıştığımı sizlere söylemekte bir sakınca görmüyorum. Bazı tuhaf sonuçlar elde ettim. Örneğin, burada bir erkeğin sekiz yaşındaki, on beş yaşındaki, on yedi yaşındaki, yirmi üç yaşındaki, vb. portrelerini görüyorsunuz. Çok açık ki bütün bunlar, bir bakıma, onun sabit ve değiştirilemez bir şey olan Dört Boyutlu varlığının Üç Boyutlu suretleri."

Zaman Gezgini, bu söylediklerinin iyice özümlenmesi için bir an bekledikten sonra, "Bilim insanları," diye devam etti, "Zaman'ın bir tür Uzay'dan başka bir şey olmadığını çok iyi bilirler. İşte size yaygın bir bilimsel diyagram, bir hava durumu kaydı. Parmağımla izini sürdüğüm bu çizgi barometrenin devinimini gösteriyor. Dün şuraya kadar yükselmiş, dün gece düşmüş, bu sabah yeniden yükselmiş ve hafif hafif şuraya kadar gelmiş. Besbelli, cıva Uzay'ın geçerliliği kabul edilmiş boyutlarından hiçbirinde bu çizgiyi izlememiş, değil mi? Ama hiç kuşkusuz şöyle bir çizgi izlemiş, dolayısıyla bu çizginin Zaman-Boyutu boyunca ilerlediği sonucunu çıkarmalıyız."

Hekim, gözlerini ateşteki kömürden ayırmadan, "Ama," dedi, "eğer Zaman gerçekten Uzay'ın dördüncü bir boyutundan başka bir şey değilse, neden farklı bir şey olarak görülüyor ve neden hep öyle görülmüş? Ve neden Zaman içinde Uzay'ın öteki boyutlarında hareket ettiğimiz gibi hareket edemiyoruz?"

Zaman Gezgini gülümsedi. "Uzay'da serbestçe hareket edebildiğimizden o kadar emin misiniz? Sağa ve sola gidebiliyoruz, oldukça serbestçe ileri ve geri gidebiliyoruz, insanlar hep böyle yapmışlar. İki boyutta serbestçe hareket ettiğimizi kabul ediyorum. Peki, yukarı ve aşağı hareket etmeye ne dersiniz? Orada yerçekimi kısıtlıyor bizi."

"Tam olarak değil," dedi Hekim. "Balonlar var."

"Ama bir anlık zıplamaları ve yüzeydeki düzensizlikleri bir yana bırakırsak, balonlardan önce insanın en küçük bir dikey hareket özgürlüğü yoktu."

"Yine de azıcık yukarı ve aşağı hareket edebiliyorlardı," dedi Hekim.

"Yukarıdan çok aşağı, aşağıya doğru çok daha kolay hareket edebiliyorlardı."

"İyi de, Zaman'da hareket edemezsiniz, içinde bulunduğunuz andan uzaklaşamazsınız."

"Beyefendiciğim, tam da burada yanılıyorsunuz işte. Cümle âlem tam da burada yanıldı. İçinde bulunduğumuz andan her zaman uzaklaşıyoruz. Maddi olmayan, hiçbir boyutu bulunmayan zihinsel varoluşlarımız, doğumumuzdan ölümümüze kadar, değişmeyen bir hızla Zaman-Boyutu'ndan geçiyor. Tıpkı, var olmaya yer yüzeyinden seksen kilometre yukarıda başlamış olsaydık *aşağıya doğru* yol alacak olmamız gerektiği gibi."

"Ama en büyük sorun şu," diye araya girdi Ruhbilimci. "Uzay'ın her yönünde *hareket edebilirsiniz* de, Zaman'da hareket edemezsiniz."

"Benim büyük buluşumun özü de bu zaten. Ama Zaman'da hareket edemeyeceğimizi söylerken yanılgıya düşüyorsunuz. Örneğin, bir olayı olanca canlılığıyla anımsıyorsam o olayın meydana geldiği ana geri giderim: Sizin deyiminizle, dalınç içinde olurum. Bir anlığına geriye sıçrarım. Hiç kuşkusuz, hiçbir Zaman süresi boyunca geride kalamayız; bir vahşi ya da hayvan yerin iki metre yukarısında ne kadar kalabilirse o kadar. Ama uygar bir insan bu konuda vahşiden daha iyi durumdadır. Bir balona binip yerçekimine karşın yükselebilir ve Zaman-Boyutu'nda sürüklenişini önünde sonunda durdurabileceğini ya da hızlandırabileceğini, hatta geriye dönüp aksi yönde yol alabileceğini neden umut etmesin ki?"

"Ah, *bu*," diyecek oldu Filby, "tümüyle—"

"Olamaz mı?" dedi Zaman Gezgini.

"Mantığa aykırı," dedi Filby.

"Hangi mantık?" dedi Zaman Gezgini.

"Tartışarak siyahı beyaz gösterebilseniz de beni asla ikna edemeyeceksiniz," dedi Filby.

"Herhalde edemeyeceğim," dedi Zaman Gezgini. "Ama Dört Boyut geometrisine ilişkin sorgulamalarımın amacını artık görmeye başlıyorsunuz. Uzun bir süre önce bir makineyi sezer gibi olmuştum—"

"Zaman'da yolculuğa çıkmak," diye haykırdı Delikanlı.

"Uzay ve Zaman'ın sürücünün belirleyeceği herhangi bir yönünde yolculuk edecek bir makine."

Filby bir kahkaha patlatmakla yetindi.

"Ama deneysel kanıtım var," dedi Zaman Gezgini.

"Tarihçiler için son derece yararlı olurdu," deyiverdi Ruhbilimci. "Geçmişe yolculuk yapabilir, Hastings Çarpışması'nın[4] kabul görmüş hikâyesinin doğru olup olmadığını anlayabilirsin örneğin!"

Hekim, "Dikkat çekmekten çekinmiyor musun?" dedi. "Atalarımızın zaman sürçmelerine karşı pek hoşgörüsü yoktu da."

Delikanlı, "İnsan gidip Yunancayı doğrudan Homeros ve Platon'dan öğrenebilir," diye bir düşünce attı ortaya.

"O zaman da daha mezuniyet sınavına girmeden kesin çaktırırlardı sizi. Malum, Alman bilginler Yunancayı o kadar geliştirdiler ki."[5]

"Bir de gelecek var tabii," dedi Delikanlı. "Düşün bir! Yatır tüm paranı, faizde birikedursun, sen al başını git!"

"Bir de bakmışsın," dedim, "sıkı bir komünist temele dayanan bir toplum[6] çıkmış karşına."

"Bunların hepsi abartılı, uçuk görüşler!" diye atıldı Ruhbilimci.

"Evet, bana da öyle geldi, onun için de hiç sözünü etmedim, ta ki—"

"Deneysel kanıta kadar!" diye haykırdım. "*Bunu* kanıtlamaya niyetiniz var mı?"

Beyni karıncalanmaya başlayan Filby, "Ne deneyi yahu!" diye bağırdı.

"Şu deneyinizi bir görelim bakalım," dedi Ruhbilimci, "gerçi baştan aşağı yalan dolan, anlarsınız ya."

Zaman Gezgini hepimize şöyle bir bakarak gülümsedi. Sonra, hâlâ hafifçe gülümseyerek, elleri pantolonunun ceplerinde ağır ağır odadan çıktı, laboratuvarına giden koridorda pantuflalarını sürüyerek yürüdüğü duyuldu.

Ruhbilimci dönüp bize baktı. "Acaba neyin peşinde?"

Hekim, "Ne sihirdir ne keramet, el çabukluğu marifet,"

dedi; Filby de Burslem'da[7] gördüğü bir sihirbazdan söz açmaya kalkıyordu ki daha lafın başındayken Zaman Gezgini geri dönünce hikâyesi yarım kaldı.

II. Makine

Zaman Gezgini'nin elinde, küçük bir masa saatinden biraz büyükçe, belli ki büyük bir özenle yapılmış, parlak madeni bir kafes vardı. İçinde fildişi ve saydam bir kristalimsi madde bulunuyordu. Şimdi çok açık seçik olmalıyım, çünkü bundan sonra olup biten –onun açıklaması kabul edilmediği sürece– bütünüyle akıl almazdı. Odanın orasında burasında duran küçük sekizgen masalardan birini aldı, iki ayağı şöminenin önündeki halının üstüne gelecek biçimde ateşin önüne yerleştirdi. Düzeneği bu masanın üstüne koydu. Sonra bir sandalye çekip oturdu. Düzenek dışında masanın üstündeki tek nesne, parlak ışığı olduğu gibi onun üstüne vuran küçük siperlikli bir lambaydı. Odanın içinde ikisi şömine rafının üstündeki pirinç şamdanlarda, öbürleri duvar şamdanlarında duran bir düzine kadar mum içeriyi pırıl pırıl aydınlatıyordu. Ateşin en yakınındaki alçak koltuğa oturdum ve öne çekerek nerdeyse Zaman Gezgini ile şöminenin arasına getirdim. Filby onun arkasında oturmuş, omzunun üstünden bakıyordu. Hekim ile İl Başkanı sağında, Ruhbilimci solunda, onu yandan izliyorlardı. Delikanlı, Ruhbilimci'nin arkasında ayakta duruyordu. Hepimiz gözümüzü dört açmıştık. Ne kadar zekice tasarlanmış ve ne kadar ustaca yapılmış olursa olsun, bana öyle geliyor ki, bu koşullarda bize en küçük bir hilenin bile yutturulması olanaksızdı.

Zaman Gezgini ilkin bize, sonra düzeneğe baktı. Ruhbilimci, "Eee?" dedi.

Zaman Gezgini, dirseklerini masaya dayayıp ellerini aygıtın üstünde bitiştirerek, "Bu küçük şey yalnızca bir maket," dedi. "Zamanda yolculuk etmek için bir makine tasarlıyorum. Garip bir biçimde eğri göründüğünü ve şu çubuğun çevresinde tuhaf bir titrek parıltı olduğunu fark edeceksiniz, her nedense gerçekdışıymış gibi." Parmağıyla o bölümü gösterdi. "Ayrıca şurada küçük beyaz bir kumanda kolu var, şurada da bir tane daha."

Hekim koltuğundan kalkıp aygıtı dikkatle inceledi. "Güzel yapılmış," dedi.

Zaman Gezgini, "İki yılımı aldı," diye karşılık verdi. Hekim'in ardından bizler de aygıtı dikkatle inceledikten sonra, Zaman Gezgini, "Şimdi," dedi, "şunu açık seçik anlamanızı istiyorum: Şu kumanda koluna basılınca makine geleceğe akıp gider, öbürü de hareketi tersine döndürür. Şu sele zaman gezgininin oturacağı yeri temsil ediyor. Birazdan kumanda koluna basacağım ve makine fırlayıp gidecek. Birden ortadan kaybolacak, gelecek zamana geçecek ve yok olacak. Aygıttan gözünüzü ayırmayın. Masadan da gözünüzü ayırmayın ki, işin içine hile karıştırılmadığından emin olun. Bu maketin boşa harcanmasını, üstelik bir de şarlatan damgası yemek istemem."

Bir dakika kadar bir sessizlik oldu. Ruhbilimci bana bir şey diyecekken vazgeçti. O sırada Zaman Gezgini parmağını kumanda koluna uzattı. Ama birden, "Hayır," dedi. "Elinizi verin bana." Ve Ruhbilimci'ye dönerek elini eline aldı, işaretparmağını uzatmasını söyledi. Böylece, Zaman Makinesi maketini sonsuz yolculuğuna gönderen Ruhbilimci oldu. Hepimiz kumanda kolunun döndüğünü gördük. İşin içine hiçbir hile karışmadığından en küçük bir kuşkum yok. Hafif bir rüzgâr esti, lambanın alevi oynaştı. Şömine rafının üstündeki mumlardan biri söndü ve küçük makine birden ekseni çevresinde döndü, silikleşti, bir an hafifçe parıldayan, pirinçle fildişinden bir hayaleti andıran bir burgaca dönüştü ve gitti – ortadan kayboldu! Masanın üstünde lambadan başka hiçbir şey yoktu.

Bir dakika kadar kimsenin sesi çıkmadı. Sonunda Filby aklının durduğunu söyledi.

Ruhbilimci kendini toparlar toparlamaz eğilip masanın altına baktı. Bunu gören Zaman Gezgini kahkahayı bastı. Ruhbilimci'nin taklidini yaparcasına, "Ee, ne diyorsun?" dedi. Sonra da yerinden kalkıp tütün kabının durduğu şömine rafının oraya gitti, sırtı bize dönük piposunu doldurmaya koyuldu.

Birbirimize bakakalmıştık. "Baksana," dedi Hekim, "sen ciddi misin? Bu makinenin zamanda yolculuğa çıktığına ciddi ciddi inanıyor musun?"

Zaman Gezgini, ince bir tahta parçasını tutuşturmak için ateşe eğilirken, "Elbette," dedi. Sonra, piposunu yakarken dönüp Ruhbilimci'nin yüzüne baktı. (Ruhbilimci, aklının yerinde olduğunu göstermek için bir puro çıkardı, ucunu kesmeden yakmaya çalıştı.) "Bu kadar da değil, orada bitmesine az kalmış büyük bir makine var" –laboratuvarı gösterdi– "o tamamlanınca kendi başıma bir yolculuğa çıkmak istiyorum."

"Yani o makinenin geleceğe yolculuk yaptığını mı söylemek istiyorsun?" dedi Filby.

"Geleceğe ya da geçmişe – hangisine kesinlikle bilmiyorum."

Kısa bir sessizliğin ardından Ruhbilimci'ye esin geldi. "Bir yere gittiyse geçmişe gitmiş olmalı," dedi.

"Neden?" diye sordu Zaman Gezgini.

"Çünkü uzayda hareket etmediğini varsayıyorum; geleceğe yolculuk yapmış olsaydı bu zamanın içinde yol almış olması gerekirdi, o yüzden de bütün bu zaman boyunca hâlâ burada olurdu."

"Ama geçmişe yolculuk yaptıysa," dedim, "bu odaya ilk girdiğimizde görünür olurdu ve burada olduğumuz geçen perşembe günü ve ondan önceki perşembe günü de, vesaire vesaire!"

İl Başkanı, Zaman Gezgini'ne dönerek, yansız bir tavırla, "Bunlar ciddi itirazlar," diyecek oldu.

Zaman Gezgini, "Katiyen," dedikten sonra Ruhbilimci'ye döndü: "Siz düşünen bir insansınız. Bunu *siz* açıklayabilirsiniz. Bu, görsel algı eşiğinin altında sunumdur, biliyorsunuz, seyreltilmiş sunum."

Ruhbilimci, "Tabii," diyerek içimizi rahatlattı. "Bu ruhbilimde basit bir konudur. Aklıma gelmeliydi. Yeterince açıktır ve paradoksa gayet güzel yardımcı olur. Tıpkı fırıl fırıl dönen bir tekerleğin jant telleri ya da havada uçan bir mermi gibi bu makineyi de ne görebilir ne de değerlendirebiliriz. Eğer zamanda bizden elli kere ya da yüz kere daha hızlı yol alıyorsa, biz bir saniyeden geçerken o bir dakikadan geçiyorsa, uyandırdığı izlenim zamanda yolculuk etmiyor olsa yaratacağı izlenimin ancak ellide biri ya da yüzde biri olacaktır kuşkusuz. Yeterince açık." Elini daha önce makinenin bulunduğu boşluktan geçirdi. "Gördünüz mü?" dedi gülerek.

Oturduğumuz yerden bir dakika kadar boş masaya baktık. Sonra Zaman Gezgini bütün bunlarla ilgili ne düşündüğümüzü sordu.

Hekim, "Bu gece akla yatkın geliyor," dedi, "ama sabaha kadar bekleyin. Sabahın sağduyusunu bekleyin."

Zaman Gezgini, "Zaman Makinesi'nin kendisini görmek ister miydiniz?" diye sordu. Ve lambayı kaptığı gibi, laboratuvarına giden uzun, cereyanlı koridorda önümüze düştü. Işığın titreşmelerini, tuhaf, geniş kafasının karaltısını, gölgelerin oynaşmasını, onu şaşkınlık ve kuşku içinde izleyişimizi, laboratuvara girdiğimizde gözlerimizin önünde sırra kadem bastığını görmüş olduğumuz küçük düzeneğin daha büyük bir yapımına nasıl bakakaldığımızı olanca canlılığıyla anımsıyorum. Makinenin kimi parçaları nikelden, kimi parçaları fildişindendi, kimi parçalar da belli ki kaya kristalinden tıraşlanmış ya da çentilmişti. Aygıt ana hatlarıyla tamamlanmıştı, ama kıvrık kristalimsi çubuklar sıranın üstünde, birkaç çizim kâğıdının yanında yarım kalmış olarak duruyordu; daha iyi görebilmek için birini elime aldım. Kuvarsa benziyordu.

"Buraya bakın," dedi Hekim, "hakikaten ciddi misiniz? Bu da geçen Noel'de bize gösterdiğiniz hayalet gibi bir oyun olmasın?"

Zaman Gezgini, lambayı yukarı kaldırarak, "Bu makineyle zamanı keşfetmek niyetindeyim," dedi. "Bilmem anlatabildim mi? Hayatımda hiç bu kadar ciddi olmamıştım."

Bu durum karşısında hiçbirimiz ne yapacağımızı bilemedik.

O sırada Hekim'in omzunun üstünden Filby ile göz göze geldik, temkinli bir biçimde göz kırptı bana.

III. Zaman Gezgini Geri Dönüyor

O sıra sanırım hiçbirimiz Zaman Makinesi'ne inanmamıştık. Doğrusunu isterseniz, Zaman Gezgini hani şu sözüne inanılamayacak kadar zeki adamlardandı: Onu bütün yönleriyle görebildiğiniz kanısına bir türlü varamazdınız; görünürdeki açık yürekliliğinin gerisinde hep kurnazca bir temkinlilikten, pusuya yatmış bir şeytanlıktan kuşkulanırdınız. Makinenin maketini gösteren ve konuyu Zaman Gezgini'nin sözleriyle açıklayan Filby olsa, *ondan* bu kadar kuşkulanmayabilirdik. Onun ortaya attığı gerekçeleri kavrayabilirdik: Çünkü Filby'yi bir domuz kasabı bile anlayabilir. Oysa Zaman Gezgini aklına eseni yapan biriydi, o nedenle ona güvenmiyorduk. Onun kadar zeki olmayan birine şan şöhret getirecek işler onun elinde birer hile gibi görünüyordu. Her işi kolayca yapıvermek hatadır. Onu ciddiye alan ciddi insanlar onun ne zaman ne yapacağından hiçbir zaman emin olamıyorlardı: öyle ya da böyle, doğru karar verme konusundaki ünlerine güvenmenin ona gelince havaya kılıç sallamaktan farksız olacağının ayırdındaydılar. O yüzden olacak ki, akla getirdiği garip olasılıkların, ilk bakışta inandırıcı olsa da uygulamada inanılması olanaksız oluşunun, düşündürdüğü anakronizm olasılıkları ve yol açtığı kafa karışıklığının hiç kuşkusuz çoğumuzun zihninde dolanıp durmasına karşın, sanırım hiçbirimiz o perşembeden bir sonraki perşembeye kadar zaman yolculuğu konusunda pek fazla konuşmadık. Benim kafam ise özellikle makette bir hile olup olmadığına takılmıştı. Cuma günü Linnaean Derneği'nde[8] karşılaştığım Hekim'le bunu tartıştığımı anımsıyorum. Tübingen'de[9] de benzer bir şey gördüğünü söylüyor ve öncelikle mumun sönmesinden kuşkulanıyordu. Ama hilenin nasıl yapıldığına bir açıklama getiremiyordu.

Ertesi perşembe Richmond'a[10] bir daha gittim –Zaman Gezgini'nin evinin en sadık müdavimlerinden biriydim sanırım– biraz geç kalmıştım, dört beş kişi konuk odasında çoktan toplanmıştı bile. Hekim, bir elinde bir kâğıt parçası, bir elinde bir saat, şöminenin önünde duruyordu. Ben Zaman Gezgini'ne bakınıyordum ki, Hekim, "Saat yedi buçuk," dedi. "Bence biz yemeğe oturalım, ne dersiniz?"

Ev sahibimizin adını söyleyerek, "—— yok mu?" dedim.

"Siz yeni mi geldiniz? Biraz garip. Elinde olmadan gecikiyormuş. Bana bıraktığı şu notta dönmemiş olursa bizim yemeğe oturmamızı söylüyor. Gelince açıklayacakmış."

Ünlü bir gazetenin Yayın Yönetmeni, "Eh, yemeği berbat etmeyelim bari," deyince, Hekim çıngırağı çaldı.

Hekim ve benim dışımda geçen yemeğe katılmış tek kişi Psikolog'du. Öbürleri az önce sözünü ettiğim Yayın Yönetmeni Blank, gazeteci olduğu anlaşılan biri; tanımadığım, sakallı, suskun ve utangaç biri daha vardı ki, gözlemleyebildiğim kadarıyla bütün akşam ağzını açmadı. Yemek masasında Zaman Gezgini'nin yokluğu üstüne birtakım tahminlerde bulunuldu, ben de şaka yollu belki de zaman yolculuğuna çıkmış olabileceğini söyledim. Yayın Yönetmeni bu zaman yolculuğu denen şeyin kendisine açıklanmasını isteyince, bunu Ruhbilimci üstleniverdi ve bir hafta önce tanık olduğumuz "mahirane paradoks ve hile"yi yavan bir dille anlatmaya başladı. Açıklamasının ortalarındaydı ki, koridorun kapısı usulca ve sessizce açıldı. Kapıya dönük oturduğum için ilk ben gördüm. "Merhaba!" diyecek oldum. "En sonunda!" Kapı biraz daha açılınca Zaman Gezgini karşımızda belirdi. Şaşkınlıktan bir çığlık attım. Onu benden sonra gören Hekim, "Aman Tanrım! Bu ne hal, yahu!" diye haykırınca, masada oturan herkes başını kapıya çevirdi.

Feci bir durumdaydı. Ceketi toz toprak içindeydi, kollarına kadar yeşile batmıştı; darmadağın saçları, ya toz topraktan ya da gerçekten solduğundan bana daha da ağarmış gibi geldi. Beti benzi atmıştı; çenesinde henüz tam iyileşmemiş koyu bir kesik vardı; yüzü, acılar içindeymişçesine, bitkin ve gergindi. Işıktan gözleri kamaşmışçasına, kapının ağzında bir an duraksadıktan sonra odaya girdi. Ayakları şişmiş sokak serserilerinde gördüğüm gibi hafifçe topallayarak yürüyordu. Bir şeyler demesini bekleyerek, sessizce ona bakıyorduk.

Tek bir söz etmeden güç bela masaya yaklaşıp şaraba uzandı. Yayın Yönetmeni bir kadehe şampanya koyup ona doğru itti. Zaman Gezgini kadehi başına dikti; anlaşılan iyi gelmişti ki, masaya göz gezdirirken yüzünde o eski gülümseyiş belirir gibi oldu. "Yahu, size ne oldu böyle?" dedi Hekim. Zaman Gezgini onu duymamış gibiydi. Birazcık dili dolanarak, "Sizi rahatsız etmek istemem," dedi. "Bir şeyim yok." Durup, doldurulması için kadehini uzattı ve bir dikişte içti. "İşte bu iyi geldi," dedi. Gözleri ışıldadı, yanaklarına biraz renk geldi. Bakışları donuk bir hoşnutlukla yüzlerimizde dolaştıktan sonra sıcak ve rahat odada gezindi. Sonra, sözcükleri bulmaya çalışıyormuşçasına, yeniden konuştu. "Gidip bir yıkanıp giyineyim, sonra aşağı iner, olup biteni açıklarım... Bana o koyun etinden biraz ayırın. Bir lokma et için neler vermem."

Doğruca evine ender gelen Yayın Yönetmeni'ne baktı ve hatırını sordu. Yayın Yönetmeni bir soru soracak olduysa da, Zaman Gezgini, "Biraz sonra anlatırım," dedi. "Bir tuhaf – hissediyorum kendimi! Az sonra kendime gelirim."

Kadehini bırakıp üst kata çıkan merdivenin kapısına doğru yürüdü. Yürürken aksadığını ve ayaklarını sürüyerek yürüdüğünü bir kez daha fark ettim; odadan çıkarken yerimden kalkıp ayaklarına baktım. Ayaklarında yalnızca yırtık pırtık, kan lekeli çoraplar vardı. Kapının ardında gözden kayboldu. Bir an arkasından gitmeye niyetlendim, ama üstüne düşülmesinden nefret ettiğini anımsayarak vazgeçtim. Bir anlığına dalıp gitmiştim ki, Yayın Yönetmeni'nin (alışkanlığını yenemeyip) başlık atarcasına "Saygın Bilim Adamının Garip Davranışı," dediğini duydum. Böylece dikkatim yeniden muhteşem sofraya çevrilmiş oldu.

"N'oluyor?" dedi Gazeteci. "Bize poz mu kesiyor? Anlayamıyorum." Ruhbilimci'yle göz göze geldim ve yüzünde kendi aklımdan geçenleri okudum. Zaman Gezgini'nin acı içinde topallayarak üst kata çıkmakta olduğunu geçirdim aklımdan. Hiç sanmam ki, yürürken aksadığını benden başka biri daha fark etmiş olsun.

Bu şaşkınlıktan ilk kurtulan Hekim sıcak yemeğin getirilmesi için çıngırağı çaldı – Zaman Gezgini hizmetkârların yemek sırasında masanın çevresinde beklemelerinden hiç hoşlanmazdı. Bunun üzerine Yayın Yönetmeni homurdanarak çatal bıçağına uzandı, Suskun Adam da onun gibi yaptı. Yemek de kaldığı yerden sürdü. Konuşmalar, ara ara kesilse de, bir süre gürültü patırtı içinde devam etti; derken Yayın Yönetmeni'nin merakı yeniden körüklendi: "Dostumuz sokaklarda çöpçülük yaparak mütevazı gelirine katkıda mı bulunuyor, yoksa kendi Nabukadnezar dönemini mi yaşıyor?" diye bir soru attı ortaya.[11] "Bana kalırsa, bu durum kesinlikle şu Zaman Makinesi işiyle ilgili," dedim ve Ruhbilimci'nin geçen toplantımızla ilgili yarım kalan açıklamasını tamamladım. Besbelli yeni konukların havsalası almamıştı. Yayın Yönetmeni karşı çıkıyordu. "Bu zaman yolculuğu da ne demek oluyordu? İnsan bir paradoksta yuvarlanarak kendini toz toprağa bulayamazdı, öyle değil mi ama?" Derken, işi iyice dalga geçmeye vurdu. Efendim, Gelecek'te hiç elbise fırçası yok muydu acaba? Olup bitene inanmaya kesinlikle yanaşmayan Gazeteci de işin kolayına kaçarak her şeyi alaya alma konusunda Yayın Yönetmeni'ne katıldı. İkisi de nevzuhur gazetecilerdendi – kaygısız ve saygısız gençlerdi. Gazeteci, "Özel Muhabirimiz Gelecek'ten bildiriyor," diyor, hatta bağırıyordu ki, Zaman Gezgini içeri girdi. Her zamanki akşam giysileri içindeydi; bitkin halini bir yana bırakırsak, biraz önce ödümü patlatmış olan o değişimden eser kalmamıştı.

Yayın Yönetmeni, "Bakın ne diyeceğim," dedi neşe içinde, "bu beylere bakılırsa gelecek haftanın ortasına doğru bir yolculuğa çıkmışsınız! Hadi, şu bizim Rosebery'ye ne olduğunu anlatın bize öyleyse![12] Bu işten kaç para düşer payınıza?"

Zaman Gezgini, hiç konuşmadan, kendisine ayrılmış olan iskemleye oturdu. Her zamanki gibi sessizce gülümsedi. "Benim etim nerede?" dedi. "Yeniden çatal bıçakla et yemek ne keyif!"

"Hikâyeniz!" diye bağırdı Yayın Yönetmeni.

"Hikâyenin canı cehenneme!" dedi Zaman Gezgini. "Ben bir şeyler yemek istiyorum. Damarlarıma biraz pepton[13] girmedikçe tek bir söz etmem. Teşekkürler. Şu tuzu alayım."

"Tek kelimeyle yanıt ver," dedim. "Zaman yolculuğunda mıydın?"

"Evet," dedi Zaman Gezgini ağzı doluyken, başıyla doğrulayarak.

Yayın Yönetmeni, "Kelimesi kelimesine anlatırsan satırına bir şilin veririm," dedi. Zaman Gezgini, kadehini Suskun Adam'a doğru itip tırnağıyla çınlattı; gözlerini ondan alamayan Suskun Adam da hemen atılıp şarap koydu. Ondan sonra yemek tedirgin geçti. Sorular dilimin ucuna kadar geliyor, ama soramıyordum; sanırım aynı durum öbürleri için de söz konusuydu. Gazeteci, Hettie Potter'la[14] ilgili hikâyeler anlatarak gerilimi düşürmeye çalışıyordu. Zaman Gezgini kendini önündeki yemeğe vermişti, aç kurt gibi yiyordu. Hekim bir sigara yakmış, göz ucuyla Zaman Gezgini'ni izliyordu. Suskun Adam her zamankinden de sümsük görünüyor ve belli ki tedirginliğini bastırmak için ikide bir şampanyasını yudumluyordu. En sonunda Zaman Gezgini tabağını önünden itti ve bizlere şöyle bir göz gezdirdi. "Sanırım özür dilemeliyim," dedi. "Açlıktan ölüyordum. Harika bir zaman geçirdim." Uzanıp bir puro aldı, ucunu kesti. "Ama sigara odasına geçelim isterseniz. Yağlı tabakların etrafında anlatılamayacak kadar uzun bir hikâye." Ve çıngırağı çaldıktan sonra bizi bitişik odaya buyur etti.

Koltuğuna gömüldükten sonra, üç yeni konuğun adlarını anarak, "Blank, Dash ve Chose'a makineden söz ettiniz mi?" dedi bana.

"Ama bu konu tam bir paradoks," dedi Yayın Yönetmeni.

"Bu gece tartışamayacağım. Size hikâyeyi anlatmakta bir sakınca görmüyorum, ama tartışamam," diye sürdürdü sözünü Zaman Gezgini. "İsterseniz başımdan neler geçtiğini anlatırım size, ama sözümü kesmeyeceksiniz. Anlatmak istiyorum. Hem de çok istiyorum. Çoğu size yalan gibi gelebilir. Varsın gelsin! Ama ne yapayım ki doğru, hem de her kelimesi. Saat dörtte laboratuvarımdaydım, o saatten bu yana... sekiz gün yaşadım... hem de bugüne kadar hiçbir insanın yaşamadığı bir sekiz gün! Bitkin durumdayım, ama size tüm olup biteni anlatmadan uyumaya niyetim yok. Sonra gidip yatacağım. Yalnız sözümü kesmeyeceksiniz! Tamam mı?"

Yayın Yönetmeni, "Tamam," deyince, hepimiz, "Tamam," diye yineledik. Ve böylece Zaman Gezgini, daha önce belirttiğim gibi, hikâyesini anlatmaya başladı. İlk başlarda koltuğuna iyice yaslanmıştı, yorgun argın konuşuyordu. Giderek daha bir canlandı. Şimdi yazarken, kalemin –en çok da kendimin– onun anlatışını dile getirmekte ne kadar yetersiz kaldığını bütün ağırlığıyla hissediyorum. Pürdikkat okuduğunuzu sanıyorum; ama anlatanın küçük lambanın ışık çemberindeki soluk, içten yüzünü göremediğiniz gibi, ses tonundaki yükselip alçalışları da duyamıyorsunuz. Hikâyesinin can alıcı noktalarında yüzünün nasıl bir hal aldığını bilemezsiniz! Sigara odasındaki mumların hiçbiri yanmadığı için biz dinleyenlerin çoğu gölgede kalıyordu, yalnızca Gazeteci'nin yüzü ve Suskun Adam'ın bacaklarının dizden aşağısı aydınlıktaydı. İlk başlarda ikide bir birbirimize bakıyorduk. Bir süre sonra birbirimize bakmayı bıraktık ve yalnızca Zaman Gezgini'nin yüzüne bakmaya başladık.

IV. Zaman Yolculuğu

"Geçen perşembe bazılarınıza Zaman Makinesi'nin nasıl çalıştığını anlatmış, henüz tamamlanmamış da olsa atölyede aygıtın kendisini size göstermiştim. Şimdi burada işte, aslında bir parça yol yorgunu; üstelik fildişi kollarından biri çatlak, pirinç parmaklıklarından biri de bükülmüş, ama geri kalan yerleri sapasağlam. Aygıtı cuma günü bitirmeyi tasarlıyordum; ama cuma günü toparlama işi tamamlanmak üzereydi ki, nikel kollardan birinin tam iki buçuk santim kısa kaldığını fark ettim ve yeniden yapılması gerekti; o yüzden aygıt ancak bu sabah tamamlanabildi. İlk Zaman Makinesi bugün saat onda çalışmaya başladı. Son bir kez elden geçirdim, tüm cıvataları yeniden yokladım, kuvars çubuğu biraz daha yağladım ve seleye geçip oturdum. Benim o sırada birazdan ne olacağı konusunda duyduğum merakı, sanırım ancak az sonra canına kıymak üzere tabancayı kafasına dayamış biri duyardı. Bir elimle hareket kolunu, öbür elimle de durdurma kolunu tuttum; önce ilkine, nerdeyse aynı anda da ikincisine bastım. Fırıl fırıl dönüyor gibiydim; karabasandaymışım da düşüyormuşum gibi bir duyguya kapıldım; çevreme baktığımda laboratuvarın tıpkı eskisi gibi olduğunu gördüm. Bir şey olmuş muydu? Bir an zihnimin bana oyun oynadığını sandım. Az sonra saati fark ettim. Az önce sanki onu birkaç dakika geçiyor gibiydi: Oysa şimdi üç buçuğa geliyordu!

Derin bir nefes alıp dişlerimi sıktım, iki elimle hareket koluna asıldım ve bir gümbürtüyle fırlayıverdim. Laboratuvar silikleşip karardı. O sırada Bayan Watchett[15] içeri girdi ve bahçe kapısına doğru yürüdü, belli ki beni görmemişti. Odayı bir uçtan öbür uca adımlaması bir iki dakika sürmüş olsa gerekti, ama bana bir roket gibi fırlamış gibi geldi. Kolu sonuna kadar bastırdım. Sanki birden lamba sönmüş gibi gece bastırdı, az sonra da yarın oldu. Laboratuvar silikleşip belirsizleşti, gittikçe gözden silinir oldu. Yarın gece kapkara bastırdı, sonra yeniden gündüz, yeniden gece, yeniden gündüz oldu. Kulaklarımda bir uğultu burgaç gibi dolanıyordu; allak bullak olmuş, aklım başımdan gitmişti.

Ne yazık ki, zaman yolculuğunun uyandırdığı olağandışı duygulanımları size yeterince aktaramıyorum. Hiç de sevimli şeyler değil. Tıpkı lunaparkta bir hız trenine binmişsiniz de, tepeüstü umarsızca gidiyormuşsunuz gibi bir duygu! Bir de, bir yere çarpmanızın an meselesi olduğu sezgisine kapılmanın dehşeti. Ben hızlandıkça, geceler gündüzleri kapkara bir kanat çırpışı gibi izlemekteydi. Çok geçmeden laboratuvarın loş görünüşü benden uzaklaşır gibi oldu ve güneşin gökyüzünde hızla sıçradığını gördüm, her dakika göğün üstünden atlıyor ve her dakika bir güne denk geliyordu. Laboratuvarın yok olduğunu ve artık açık havaya çıktığımı sanıyordum. Bir yapı iskelesi görür gibi oldum, ama o kadar hızlı gidiyordum ki hareket eden hiçbir şeyi seçemiyordum. Dünyanın en yavaş salyangozu bile benden çok daha büyük hızla yanımdan geçip gidiyordu.

Karanlık ve aydınlığın göz kırparcasına birbirini izlemesi karşısında gözlerim zonkluyordu. Az sonra, gidip gelen karanlıkların arasında Ay'ın yeniaydan dolunaya kadar tüm evrelerinden fırıl fırıl dönerek hızla geçtiğini gördüm, çevresinde dolanan yıldızları görür gibi oluyordum. Çok geçmeden, hâlâ hızlanarak yol almayı sürdürürken, geceyle gündüzün seğirtisi uzanıp giden tek bir bozluğa karışıp kayboldu; gökyüzü harikulade enginlikte bir maviye, alacakaranlık çıktığında görülen benzersiz parlaklıkta bir renge büründü; sarsıla sarsıla giden güneş uzayda ateşten bir yola dönüşüp ışıl ışıl kavislenirken, ay daha belirsiz, dalgalı bir kemer görünümü aldı; arada sırada mavilikte titreşen daha parlak bir çember dışında, yıldızlar artık hiç görünmüyordu.

Manzara puslu bir belirsizlik içindeydi. Ben hâlâ şimdi bu evin bulunduğu yamaçta duruyordum, yamacın boz ve soluk sırtı yukarımda yükseliyordu. Ağaçların büyüdüğünü, bir kahverengiye bir yeşile çalarak sis bulutları gibi değiştiğini görüyordum; büyüyor, yayılıyor, dağılıyor ve geçip gidiyorlardı. Dev yapıların belli belirsiz bir güzellikte yükseldiğini ve hayal meyal geçtiğini görüyordum. Tüm bir yer yüzeyi sanki değişiyor, gözümün önünde eriyip akıyordu.[16] Hızımı gösteren kadranların ibreleri gittikçe daha hızlı dönerek birbiriyle yarışıyordu. Derken güneş kuşağının bir aşağı bir yukarı dalgalandığını, bir dakika ya da daha kısa bir sürede gündönümünden gündönümüne geçtiğini ve hızımın artık dakikada bir yılı aştığını fark ettim; bembeyaz karların yer yüzeyinde görünmesiyle kaybolması bir oluyor, bunu bir anlığına baharın parlak yeşili izleyiveriyordu.

İlk başlardaki sevimsiz duygulanımlar artık o kadar etkileyici değildi. Sonunda çılgınca bir esrikliğe dönüşmüşlerdi. Aslında makinede nedenini bilemediğim olmadık bir sarsıntı hissetmiştim. Ama kafam onunla ilgilenemeyecek kadar karman çormandı, o yüzden karşı koyamadığım bir çılgınlıkla geleceğin içine daldım. Başlarda durmayı pek aklımdan geçirmiyordum, bu yeni duyumsamalar dışında pek bir şey geçmiyordu aklımdan. Ne ki, çok geçmeden, zihnimde birbirini izleyen yeni duygular doğup gelişti –belirli bir merak ve bu merakın getirdiği belirli bir korku– ve sonunda bunlar beni pençesine aldı. Gözlerimin önünden titreşerek çabucak geçmekte olan bulanık, kaçkın dünyaya yakından bir göz gezdirebilsem, kim bilir insanlığın sağladığı ne tuhaf gelişmeler, ilkel uygarlığımızdan sonraki ne müthiş ilerlemeler gözler önüne serilebilir diye geçirdim aklımdan! Çevremde günümüzün tüm yapılarından daha büyük, heybetli ve muhteşem mimari yapılar görüyordum, ama bunlar ışıltı ve pustan ibaretti sanki. Yamaçta daha da koyu ve güzel bir yeşilliğin yükseldiğini ve kışın oraya hiç uğramadığını görüyordum. Dünya, kafa bulanıklığımın örtüsü altından bile çok güzel görünüyordu. Neden sonra durma işi geldi aklıma.

Benim ya da makinenin bulunduğu uzayda bir cisimle karşılaşabilirdim, böyle bir risk vardı. Ama zamanda yüksek bir hızla yol aldığım sürece bunun pek o kadar önemi yoktu: Deyim yerindeyse, seyrelmiştim – karşımda beliren cisimlerin arasındaki boşluklardan buhar gibi süzülüp geçiyordum! Ama durmak, karşıma çıkan herhangi bir cisme moleküllerime kadar karışmama neden olabilirdi: Durunca, atomlarımı karşıma çıkacak engelin atomlarıyla o kadar yakın bir bağlantıya geçirecektim ki bunun sonucunda şiddetli bir kimyasal tepkime –olasılıkla geniş bir alanı etkileyen bir patlama– meydana gelecek ve kendimi ve aygıtımı olası tüm boyutların dışına, Bilinmeyen'in kucağına atmış olacaktım. Bu olasılık makineyi yaparken tekrar tekrar aklıma gelmiş, o sırada bunu kaçınılmaz bir risk, insanın göze almak zorunda olduğu risklerden biri olarak kaygısızca kabullenmiştim! Ama risk artık kapıya dayandığından aynı kaygısızlığı gösteremiyordum. Doğrusunu isterseniz, neler olduğunu bir türlü kavrayamamak, makinenin maraza tutulmuşçasına zangır zangır sallanması, en çok da o bitmek bilmeyen düşme duygusu sinirlerimi altüst etmişti. Kendi kendime asla duramayacağımı söylüyordum ki, ani bir öfke nöbetine tutularak birden durmaya karar verdim. Salakça bir sabırsızlıkla kola asılmamla aygıt önlenemez bir biçimde fırıl fırıl dönmeye başladı ve tepeüstü havaya fırlatıldım.

Kulaklarımın içinde bir gümbürtü koptu. Bir an sersemledim sanırım. Çevremde patır patır dolu yağıyordu; bir de baktım, devrilmiş makinenin önünde, yumuşak çimenlerin üstünde oturuyorum. Her şey hâlâ boz görünüyordu, ama biraz sonra kulaklarımdaki gümbürtünün geçtiğini fark ettim. Etrafa bir göz attım. Sanki bir bahçenin içinde, ormangülü çalılarıyla çevrili küçük bir çimenlikteydim; dolu tanelerinin çarptığı ormangülü çalılarının pembe ve mor çiçeklerinin birer birer döküldüğünü fark ettim. Yere çarpıp geri sıçrayarak raks eden dolu taneleri makinenin üstünde bir bulut halinde asılı kalıyor ve toprağın üstünde bir duman gibi sürükleniyordu. Bir anda iliklerime kadar ıslanmıştım. 'Sizi görmek için onca yıl yol almış biri böyle mi ağırlanır?' diye geçirdim içimden.

Derken, ıslandığım için ne kadar aptal olduğumu düşündüm. Kalkıp çevreme bakındım. Ormangülü çalılarının ardında, puslu dolu yağmurunun arasından, anlaşıldığı kadarıyla beyaz bir taştan oyulmuş dev bir yontu belli belirsiz göründü. Ama bunun dışında dünyadaki her şey görünmez olmuştu.

Duyumsadıklarımı anlatmakta zorluk çekiyorum. Dolu yağışı seyreldikçe, beyaz yontuyu daha açık seçik görüyordum. Gümüş rengi bir huş ağacının omzuna değdiğine bakılırsa, çok büyüktü. Beyaz mermerdendi, kanatlı bir Sfenks'i[17] andırıyordu, ama kanatları iki yana yatık değil de iki yana açık durduğundan uçuyormuş gibi görünüyordu.

Kaidesi, görebildiğim kadarıyla, tunçtandı ve üstünü kalın bir yeşil pas tabakası kaplamıştı. Yontunun yüzü rastlantı sonucu bana dönüktü; görmeyen gözler sanki bana bakıyordu; dudaklarında belli belirsiz bir gülümseyiş vardı. Havanın etkisiyle epeyce aşınıp örselenmişti, bu da ona hiç de hoş olmayan düşkün bir görünüm veriyordu. Kısa bir süre durup ona baktım – belki yarım dakika, yoksa yarım saat mi. Dolunun önüne çektiği perdenin kalınlaşıp incelmesiyle birlikte sanki bir öne geliyor, bir geri gidiyordu. Bir an gözlerimi ondan alabildiğimde, dolunun indirdiği perdenin seyreldiğini, göğün güneş çıkacakmışçasına aydınlanmakta olduğunu gördüm.

Başımı kaldırıp öylece duran beyaz yontuya yeniden baktığımda, ansızın yolculuğumun pervasızlığı kafama dank etti. Bu puslu perde tümden kalktığında ortaya ne çıkacaktı? İnsanların başından neler geçmişti? Ya gaddarlık ortak bir tutkunluk olup çıkmışsa? Aradan geçen bu sürede ya insan soyu insanlıktan çıkmış ve insanlıkdışı, anlayışsız ve karşı durulmaz güçte bir şeye dönüşmüşse? Beni eski dünyadan kalma yabanıl bir hayvan olarak, ortak soyumuzun daha da ürkünç ve tiksinç bir yaratığı olarak, bir an önce öldürülmesi gereken iğrenç bir yaratık olarak görebilirlerdi.

Daha başka heyula gibi şekiller, girift korkuluk duvarları ve yüksek sütunları olan dev yapılar, hafifleyen fırtınanın içinden belli belirsiz üstüme üstüme gelen ağaçlık bir yamaç gördüm. Korkuya kapılıp paniklemiştim. Büyük bir telaşla Zaman Makinesi'ne geri döndüm ve onu var gücümle yeniden ayarlamaya çalıştım. Ben bunu yaparken, fırtınanın arasından güneş ışınları vuruyordu. Kurşun rengi sağanak bir yana savruldu ve entarisinin eteklerini ardında sürüyen bir hayalet gibi gözden yitti. Tepemde, yaz göğünün masmaviliğinde, uçuk kahverengi bulut demetleri hiçliğin burgacına çekildi. Çevremdeki kocaman yapılar, fırtınadan kalan ıslaklığın parıltısıyla açık seçik ortaya çıktı, çevrelerinde biriken henüz erimemiş dolu tanelerinin beyazlığında apaçık seçiliyorlardı. Yabancı bir dünyanın ortasında çırılçıplak hissediyordum kendimi. Belki de tepesinde kanat çırpan bir atmacanın üstüne çullanacağını bilen bir kuş kendini havada nasıl hissederse ben de kendimi öyle hissediyordum. Artık korkmak ne söz, zıvanadan çıkmıştım. Durup şöyle bir soluklandım, dişlerimi sıktım ve var gücümle sille tokat yeniden giriştim makineye. Amansız saldırıma dayanamadı, ters dönüverdi. Dönerken de hızla çeneme çarptı. Bir elimle seleyi, bir elimle kolu tuttum, soluk soluğa yeniden atladım makineye.

Ama aygıtın bu kadar çabuk geri adım atmasıyla birlikte cesaretim yerine gelmişti. Artık uzak geleceğin dünyasına korkudan çok merakla bakıyordum. Yakındaki evin duvarının yukarılarındaki yuvarlak bir açıklıkta, bol, yumuşak urbalara bürünmüş birilerini gördüm. Onlar da beni görmüş olacaklar ki bakışlarını bana çevirmişlerdi.

Biraz sonra yaklaşmakta olan sesler duydum. Beyaz Sfenks'in yanındaki çalıların arasından koşmakta olan adamların kafaları ve omuzları görünüyordu. İçlerinden biri, dosdoğru makinemle birlikte durduğum küçük çimenliğe uzanan patikada belirdi. Beli bir deri kemerle tutturulmuş mor bir urbaya sarınmış küçümen bir yaratıktı – boyu bir yirmi var yoktu. Ayağında sandalet ya da çarık gibi bir şey vardı, iyi seçemiyordum; bacakları dizden aşağı çıplak, başı açıktı. Bunu fark ettiğimde, ilk kez havanın ne kadar sıcak olduğunun ayırdına vardım.

İlk bakışta gözüme çok güzel ve zarif, ama fazlasıyla çelimsiz bir yaratık gibi göründü. Al basmış yüzü veremlilerde görülen güzelliği anımsattı bana – o çok duyduğumuz hummalı güzelliği. Onu görür görmez güvenim yerine geliverdi. Ellerimi makineden çektim."

V. Altın Çağ'da[18]

"Az sonra ben ve gelecekten çıkagelmiş bu kırılgan yaratık karşı karşıya duruyorduk. Doğruca bana yaklaştı ve gözlerimin içine bakarak güldü. En küçük bir korku belirtisi göstermemesi birden şaşırttı beni. Sonra arkasından gelen öbür ikisine döndü ve onlarla tuhaf, çok hoş ve akıcı bir dilde konuştu.

Başka gelenler de vardı; çok geçmeden sekiz on zarif yaratıktan oluşan küçük bir topluluk çevremi aldı. İçlerinden biri bana bir şeyler söyledi. Ne tuhaftır ki, o sırada benim sesimin onlar için çok kulak tırmalayıcı ve boğuk olduğu geçti aklımdan. O yüzden, başımı hayır anlamında iki yana salladım, sonra kulaklarımı göstererek bir daha salladım başımı. Yaratık bir adım yaklaştı, bir an duraksadıktan sonra elime dokundu. Biraz sonra sırtımda ve omuzlarımda daha başka yumuşak küçük dokunaçlar duyumsadım. Gerçek olup olmadığımı anlamaya çalışıyorlardı. Bunun ürkütücü bir yanı yoktu. Hakikaten, bu sevimli minik yaratıklarda insana güven veren bir şey, ağırbaşlı bir incelik, çocuksu bir rahatlık vardı. Hem o kadar kırılgan görünüyorlardı ki, topunu birden alaşağı edebileceğimi geçirebiliyordum hayalimden. Ama küçük pembe ellerinin Zaman Makinesi'nin üstünde dolaştığını görür görmez, onları uyarmak için atılıverdim. Neyse ki çok geç kalmamış, o ana kadar unuttuğum bir tehlikeyi anımsamıştım; makinenin parmaklıklarından uzanarak, aygıtı harekete geçiren küçük kolların civatalarını söktüm ve cebime attım. Sonra da onlarla iletişim kurmanın bir yolunu bulmak üzere geri döndüm.

Ve o zaman, yüz hatlarına daha yakından baktığımda, Dresden porselenlerini andıran güzelliklerinde gözüme daha başka gariplikler de çarptı. Tümüyle kıvırcık olan saçları ensede ve şakaklarda kesiliveriyordu; yüzde kıldan eser yoktu, kulakları ise minicikti. Ağızlar küçük, dudaklar parlak kırmızı ve ipince, küçük çeneler sipsivriydi. Gözler iri ve yumuşak bakışlıydı; –belki bencilce gelebilir ama– onlardan bekleyebileceğim ilgiden yoksun olduklarını bile düşündürüyorlardı bana.

Baktım, benimle iletişime geçmek için en küçük bir çaba göstermiyorlar, çevremde durmuş gülümsemekle ve birbirleriyle yumuşak, cıvıltılı seslerle konuşmakla yetiniyorlar, iletişimi ben kurayım dedim. Elimle Zaman Makinesi'ni ve kendimi gösterdim. Zaman'ı nasıl ifade edeceğimi bilemeyip bir an duraksadıktan sonra da güneşi gösterdim. Mor-beyaz ekose giysili, şipşirin, minik bir yaratık da hemen benim gibi güneşi gösterdi, ardından da gök gürültüsü sesi çıkararak beni şaşkınlık içinde bıraktı.

Hareketinin anlamının yeterince açık olmasına karşın, bir an bocaladım. Birden şu soru düştü aklıma: Bu yaratıklar ahmak mıydı? Bu soruyu nereden çıkardığımı pek anlayamazsınız. Efendim, her zaman, Sekiz Yüz İki Bin yılı insanlarının bilgide, sanatta, her şeyde bizim inanılmaz ölçüde ilerimizde olacağını düşünmüşümdür de. O sırada içlerinden biri bana birden bizim beş yaşındaki çocuklarımızın düşünsel düzeyinde olduğunu gösteren bir soru sordu – bir gök gürültülü fırtınayla güneşten mi gelmiştim! Bu soru, giysilerine, incecik çelimsiz kollarıyla bacaklarına ve narin yüz hatlarına bakarak dizginlemiş olduğum yargımı tetikledi. İçime bir düşkırıklığı çöküverdi. Bir an Zaman Makinesi'ni boşuna yaptığım sanısına kapıldım.

Başımla doğrulayarak güneşi gösterdim ve onlara o kadar sahici bir gök gürültüsü sesi çıkardım ki ağızları açık kaldı. Hep birlikte birkaç adım geri çekilip eğildiler. Sonra içlerinden biri bana gülerek yaklaştı, hiç bilmediğim olağanüstü güzellikte çiçeklerden bir çelengi boynuma taktı. Bunun üzerine bir alkış tufanı koptu; derken hepsi birden sağa sola koşarak çiçek toplamaya, çiçekleri gülerek üstüme atmaya başladı, çok geçmeden nerdeyse çiçeklere boğulmuştum. Daha önce bir benzerini görmediğiniz için, sayısız yılların uygarlığının ne kadar narin ve harikulade çiçekler yaratmış olduğunu hayal bile edemezsiniz. Derken, aralarından biri, oyuncaklarının en yakındaki yapıda sergilenmesini önerdi; bunun üzerine, bütün bu süre boyunca beni sanki gülümsüyormuş gibi izleyişi karşısında şaşkınlığımı gizleyemediğim beyaz mermerden sfenksin önünden geçirilerek, eskitilmiş taştan, kocaman, gri bir yapıya doğru götürüldüm. Onlarla birlikte giderken, son derece ağırbaşlı ve entelektüel gelecek kuşaklara ilişkin güvençli beklentilerim dayanılmaz bir keyifle aklımdan geçti.

Kocaman bir girişi olan yapı tümden dev boyutlardaydı. Aklım doğal olarak gittikçe kalabalıklaşan bu insancıklarda ve önümde açılan karanlık ve esrarengiz anıtsal kapılardaydı. Başlarının üstünden gördüğüm dünyada gözüme ilk çarpan, birbirine dolanmış olağanüstü güzellikte çalılar ve çiçekler, uzun süredir bakımsız kalmış olmasına karşın yabanotlarının bürümediği bir bahçe oldu. Tuhaf beyaz çiçeklerin, solgun yaprak örtüsünde otuz santim kadar yükselen uzun saplarını gördüm. Rengârenk çalı örtüsünün orasına burasına yabanılca saçılmışlardı; ama diyorum ya, o sırada onları yakından incelemedim. Zaman Makinesi ise çimenliğin orada, ormangüllerinin arasında bir başına kalmıştı.

Girişteki kemer baştan aşağı oymalarla bezeliydi, gerçi oyma işlerini inceden inceye gözlemleyemedim tabii, ama içeri girerken eski Fenike bezemelerinden[19] izler sezinledim ve iyiden iyiye kırılmış dökülmüş, rüzgârın etkisiyle aşınmış olduklarını fark ettim. Girişte parlak giysili daha pek çokları tarafından karşılandım ve böylece, bendeniz sırtımdaki soluk on dokuzuncu yüzyıl giysileri ve boynumdaki çelenkle gülünç bir halde, parlak, açık renkli urbalar ve ışıl ışıl beyaz kollar ve bacaklarla fırdolayı kuşatılmış olarak, şen şakrak kahkahalar ve konuşmalar arasında içeri girdim.

Büyük giriş, onunla oranlı büyüklükte, kahverenginin ağır bastığı bir salona açılıyordu. Tavan gölgede kalıyordu, yarı vitraylı pencerelerden içeriye yumuşak bir ışık vuruyordu. Yerler, çok sert beyaz metalden oluşan dev bloklarla kaplanmıştı, plakalar ya da levhalar değil bloklarla; anladığım kadarıyla daha önceki kuşakların üstünde gidip gelişiyle o kadar aşınmıştı ki, daha sık geçilen yerlerde derince oluklar oluşmuştu. Uzun salonun çaprazında, cilalanmış taş levhalardan yapılmış, yerden belki otuz santim yükseklikte sayısız masa vardı; masaların üstünde ise yığınla meyve duruyordu. Bazılarının azman ağaççilekleri ve portakallar olduğunu fark ettim, ama çoğu hiç bilmediğim meyvelerdi.

Masaların arasına pek çok yastık atılmıştı. Rehberlerim bu yastıklara oturdular ve benim de oturmamı işaret ettiler. Hoşuma giden bir senlibenlilikle meyveleri elleriyle yemeye, kabukları ve saplarını falan da masaların kenarındaki yuvarlak deliklere atmaya başladılar. Ben de o kadar susamış ve acıkmıştım ki seve seve onlar gibi yaptım. Bunu yaparken de fırsat buldukça salona göz gezdiriyordum.

Belki de salonun beni en çok çarpan yanı yıkık döküklüğü oldu. Yalnızca geometrik bir desenle bezeli vitray pencerelerin birçoğu kırılmıştı, pencerelerin alt kenarlarına asılı perdeler kalın bir toz tabakasıyla kaplıydı. Yakınımdaki mermer masanın kenarının çatlamış olduğunu fark ettim. Ama salon yine de insanda görkemli ve etkileyici bir izlenim uyandırıyordu. Salonda yemek yemekte olan belki birkaç yüz kişi vardı; çoğu, olabildiğince yakınıma oturmuş, ilgiyle beni izliyor, minik gözleri yemekte oldukları meyvelerin üstünden ışıldıyordu. Hepsi de aynı yumuşak ama sağlam, ipeksi kumaştan giysiler içindeydi.

Bu arada, hemen söyleyeyim, yalnızca meyveyle besleniyorlardı. Uzak geleceğin bu insanları katı birer etyemezdi; onlarla birlikte olduğum süre boyunca, nefsânî isteklerimi bastırarak ben de yalnızca meyveyle beslenmek zorunda kaldım. Aslında, sonradan ihtiyozorun[20] ardından atların, sığırların, koyunların, köpeklerin de soyunun tükenmiş olduğunu anlayacaktım. Ama meyvelerin tadına diyecek yoktu; hele biri vardı ki –üç kenarlı bir kabuk içinde unumsu bir şey– çok nefisti, ben orada bulunduğum sürece hep turfanda gibiydi, o yüzden çoğunlukla onunla beslendim. İlk başlarda bütün bu tuhaf meyveler ve gördüğüm o tuhaf çiçekler karşısında şaşkınlığa uğramıştım, ama onların önemini zamanla anlamaya başlayacaktım.

Uzatmayayım, uzak gelecekteki meyveli akşam yemeğim böyleydi işte. İştahımı biraz olsun bastırır bastırmaz, benim bu yeni insanlarımın dilini büyük bir kararlılıkla öğrenmeye giriştim. Bir sonra yapılması gereken besbelli buydu. Meyveler bu işe başlamak için uygun görünüyordu, ben de meyvelerden birini göstererek bir soru sorduğumu belirten sesler çıkarmaya, el kol hareketleri yapmaya başladım. Ne demek istediğimi anlatmakta epeyce güçlük çekiyordum. İlk başta çabalarım şaşkın bakışlar ve ardı arkası kesilmeyen gülüşmelerle karşılandı, ama çok geçmeden sarışın bir küçük yaratık ne yapmaya çalıştığımı anlamışçasına bir adı birkaç kez yineledi. Birbirleriyle uzun uzadıya cır cır bir şeyler konuşuyorlardı ki, onların dilindeki o incecik minik sesleri çıkarabilmek için gösterdiğim ilk çabalar, benim için biraz kırıcı da olsa içtenlikli kahkahalar patlatmalarına yol açtı. Ne ki, kendimi çocukların arasında kalmış bir öğretmen gibi hissediyordum, direttim ve kısa sürede en azından yirmi adı kavradım, sonra da işaret zamirlerine, hatta 'yemek' fiiline kadar geldim. Yine de yavaş gidiyordu, minik insanlar çok geçmeden yoruldular ve sorularımı başlarından savmak istediler, ben de ister istemez bıraktım derslerini canları istediği zaman azar azar versinler. Ve çok geçmeden derslerin gerçekten de çok kısaldığını fark ettim, onlar kadar üşengeç, onlar kadar çabuk yorulan birilerini hayatımda görmemiştim."

VI. İnsanlığın Günbatımı

"Küçük ev sahiplerimde çok geçmeden fark ettiğim bir tuhaflık da ilgisizlikleriydi. Çocuklar gibi heyecan içinde şaşkınlık çığlıkları atarak bana yanaşıyorlar, ama biraz sonra yine çocuklar gibi beni incelemeyi bırakıp bir başka oyuncağa yöneliyorlardı. Akşam yemeği ve onlarla ilk konuşma denemelerim sona erdiğinde, bir de baktım, ilk başta çevremi sarmış olanların hemen hepsi çekip gitmiş. Ne tuhaftır ki, bu küçük insanları ben de çok çabuk umursamaz olmuştum. Açlığımı giderir gidermez büyük kapıdan geçip yeniden güneşe çıktım. Durmadan bu geleceğin insanlarının daha birçoğuyla karşılaşıyordum, beni kısa bir süre izliyorlar, hakkımda konuşup gülüşüyorlar, sonra da gülümseyip dostça el ederek beni kendi başıma bırakıyorlardı.

Büyük salondan çıktığımda dünyaya akşamın dinginliği inmişti, ortalığı batmakta olan güneşin sıcak ışıltısı aydınlatıyordu. İlk başta her şey çok şaşırtıcıydı. Her şey –çiçekler bile– benim bildiğim dünyadakinden o kadar farklıydı ki. Ayrıldığım büyük yapı geniş bir ırmak vadisinin yamacında bulunuyordu, ama Thames nehri şimdiki yerinin bir buçuk kilometre kadar uzağına kaymıştı belki de. Bir sırtın iki buçuk kilometre kadar yukarıdaki tepesine tırmanayım dedim; oradan, gezegenimizin İS Sekiz Yüz İki Bin Yedi Yüz Bir yılındaki görünümünü daha geniş bir açıdan izleyebilirdim. Hemen belirteyim, makinemin küçük göstergelerinde okunan tarih buydu.

Yürürken, dünyanın bürünmüş olduğu bu yıkık dökük görkemi –evet, yıkık döküktü gerçekten de– bana açıklayabilecek herhangi bir belirti yakalayabilir miyim diye dikkat kesilmiştim. Örneğin, sırtın biraz yukarısında, alüminyum kütleleriyle bağlanmış büyük bir granit yığını görülüyordu; dik duvarlardan ve moloz yığınlarından oluşan kocaman bir labirent, labirentin ortasında da pagoda biçimli çok güzel bir yığın bitki; olasılıkla ısırganotuydu bunlar, ama yapraklarının kenarları çok hoş bir kahverengiye çalıyordu ve ısırmıyorlardı. Belli ki, burası ne amaçla yapıldığını kestiremediğim dev bir yapının terk edilmiş kalıntısıydı. Burada daha sonra çok tuhaf bir şey yaşayacaktım ve bu daha da tuhaf bir keşfin ilk belirtisi olacaktı, ama bunu yeri geldiği zaman anlatacağım.

Bir süre oturup dinlendiğim sekiden birden aklıma gelip çevreye bakınca, ortalıkta tek bir küçük evin bile bulunmadığını fark ettim. Anlaşılan, tek ailelik evler, dahası olasılıkla ailenin kendisi bile ortadan kalkmıştı. Yeşilliğin ortasında tek tük saray benzeri yapılar vardı, ama bizim İngiltere kırsalına özgü konutlar ve kır evlerinden eser yoktu.

'Komünizm,' diye geçirdim içimden.

Ve hemen ardından başka bir şey düşündüm. Arkamdan gelmekte olan beş altı ufak yaratığa baktım. İşte o anda hepsinin giysilerinin birbirinin aynı, hepsinin yüzlerinin yumuşak ve tüysüz, kolları ve bacaklarının aynı kızsı yumuşaklıkta olduğunun ayırdına vardım. Bunu daha önce fark etmemiş olmam tuhaf gelebilir belki. Ama her şey o kadar tuhaftı ki. Artık gerçeği açık seçik görüyordum. Geleceğin bu insanları hem aynı giysilere bürünmüşlerdi, hem de günümüzde cinsiyetleri birbirinden ayıran cilt dokusu ve davranış biçimi farklılıklarının hepsinden yoksundular, hepsi birbirinin aynıydı. Çocuklar da ana babalarının küçük birer kopyası gibi görünüyorlardı. O sırada o dönemin çocuklarının en azından bedensel bakımdan fazlasıyla erken gelişmiş oldukları kanısına vardım; bu kanım sonradan pek çok kez doğrulanacaktı.

Bu insanların huzurlu ve güvenli bir hayat sürdüklerini görünce, cinsiyetler arasındaki bu yakın benzerliğin beklenmedik bir şey olmadığını düşündüm; çünkü erkeğin gücü ile kadının uysallığı, aile kurumu ve kadın ve erkek mesleklerinin farklılığı, bedensel güç çağının baskıcı zorunluluklarından başka bir şey değildir. Nüfusun dengeli ve verimli olduğu bir yerde çok fazla çocuk doğurmak Devlet'e iyilikten çok kötülük olur: Şiddetin ender görüldüğü ve çocukların güvende olduğu bir yerde verimli bir aileye daha az gerek vardır –aslında hiç gerek yoktur– ve cinsiyetlerin çocuklarının gereksinimleri konusunda uzmanlaşmaları ortadan kalkar. Bunun ilk adımlarını bizim zamanımızda bile görüyoruz, gelecek çağda ise çoktan tamamlanmıştı. Ancak bunlar, belirtmem gerekir ki, o sıralar kapıldığım sanılardı. Sonradan, gerçeğe ne kadar uzak düştüklerini görecektim.

Bütün bunlar üstüne kafa yorarken, bir kubbenin altındaki bir kuyuya benzeyen, sevimli küçük bir yapı gözüme çarptı. O an kuyuların hâlâ var olması ne kadar garip diye geçti aklımdan, ama çok geçmeden o kapıldığım sanılara geri döndüm. Sırtın yukarılarına doğru, hiçbir büyük yapı yoktu; anlaşılan akıllara durgunluk verici bir hızla yürüyordum ki, çok geçmeden ilk kez yanımda kimselerin kalmadığını fark ettim. Tuhaf bir özgürlük ve serüven duygusuna kapılarak doruğa doğru ilerlemeyi sürdürdüm.

Orada bilemediğim bir sarı metalden bir koltuk gördüm, yer yer pembemsi bir pasla yenime uğramış, yer yer yosun tutarak yumuşamıştı, kollukları griffin[21] başlarına benzetilmişti. Metal koltuğa oturup, o uzun günün akşam kızıllığının vurduğu eski dünyamızın uçsuz bucaksız görünümüne göz gezdirdim. Ömrümde bu kadar harika, bu kadar güzel bir görünüm görmemiştim. Güneş ufukta çoktan alçalmıştı ve tüm bir batı yatay morlar ve kızıllarla bezeli bir altın yalazına bürünmüştü. Aşağıda, ırmağın parlak çelikten bir kuşak gibi uzandığı Thames vadisi yatıyordu. Değişik tonlara çalan yeşil alana serpiştirilmiş, kimileri yıkık dökük, kimilerinde hâlâ birilerinin oturduğu büyük saraylardan daha önce söz etmiştim. Bu viran yeryüzü bahçesinin orasında burasında beyaz ya da gümüşsü bir şekil yükseliyor, orasında burasında bir kubbe ya da dikilitaşın belirtik dikey çizgisi göze çarpıyordu. Hiçbir yer çitlerle çevrilmemişti, ne mülkiyet haklarını gösteren bir tabela vardı, ne de tarım yapıldığına ilişkin bir belirti; tekmil yeryüzü bir bahçeye dönüşmüştü.

Etrafı seyrederken, görmüş olduklarımı kendimce yorumlamaya başladım ve o akşam göründüğü kadarıyla yorumum şöyle sayılırdı. (Sonradan, gerçeğin yalnızca yarısını görebildiğimi ya da gerçeği yalnızca bir yanıyla görür gibi olduğumu anlayacaktım):

Bana insanlığın batmakta olduğu bir zamanla karşı karşıyaymışım gibi geldi. Kıpkırmızı günbatımı aklıma insanlığın günbatımını düşürdü. Bugün girişmiş olduğumuz toplumsal çabaların garip bir sonucunu ilk kez kavramaya başlamıştım. Ama düşündüm de, oldukça mantıklı bir sonuç bu. Güç gereksinimden doğar; güvenlik güçsüzlüğü önemli kılar. Yaşam koşullarını iyileştirme çalışması –yaşamı gittikçe daha güvenli kılan gerçek uygarlaşma süreci– adım adım doruğuna varmıştı. Birleşmiş insanlık Doğa'ya karşı zafer üstüne zafer kazanmıştı. Bugün birer hayal olmaktan öteye gidemeyen pek çok şey, düşünüp taşınılarak hayata geçirilen ve geliştirilen projeler olmuştu. Sonuç gözlerimin önündeydi işte!

Günümüzün sağlık hizmetleri ve tarımı ne de olsa henüz gelişmemiş bir aşamada. Çağımızın bilimi insan hastalıkları alanının küçük bir bölümünün üstüne gidebildi, ama yine de etkinliklerini kararlılıkla durmadan yaygınlaştırıyor. Tarım ve bahçeciliğimiz, yabanotlarını ayıklıyor ve belki sağlığa yararlı pek çok bitki yetiştiriyor, çok daha fazlasını da güçlendirmeye çalışıyor. Gözde bitki ve hayvanlarımızı –çok az da olsalar– seçici yetiştirme yoluyla adım adım geliştiriyoruz; bu bazen yeni ve daha cins bir şeftali, bazen çekirdeksiz bir üzüm, bazen daha güzel ve iri bir çiçek, bazen de daha elverişli bir sığır cinsi olabiliyor. Ülkülerimiz bulanık ve ürkek, bilgimiz çok sınırlı olduğu için onları ağır ağır iyileştiriyoruz; çünkü bizim beceriksiz ellerimizde Doğa da çekingen ve ağır.

Bir gün bütün bunlar daha iyi örgütlenecek ve daha da iyi olacak. Tüm burgaçlara karşın akıntıyla sürüklenmektir bu. Tüm dünya zeki, eğitimli olacak ve elbirliği edecek; her şey Doğa'nın boyun eğdirilmesine doğru gittikçe daha hızlı ilerleyecek. Sonunda, aklımızı kullanarak ve özen göstererek, hayvan ve bitki yaşamının dengesini biz insanların gereksinimlerine uygun düşecek biçimde yeniden düzenleyeceğiz.

Anlaşılan, bu düzenleme, benim makinemin içinden geçtiği Zaman aralığında yapılmıştı, üstelik çok iyi yapılmıştı, hem de sağlam temeller üstünde. Havada sivrisinek diye bir şey, toprakta yabanotu ya da mantar diye bir şey kalmamıştı; meyvelerden, albenili, büyüleci çiçeklerden geçilmiyordu; göz alıcı kelebekler bir o yana bir bu yana uçuşuyorlardı. Önleyici tıp amacına erişmişti. Hastalıkların köküne kibrit suyu dökülmüştü. Orada bulunduğum süre boyunca tek bir bulaşıcı hastalığın izine bile rastlamadım. Bu değişimler, kokuşma ve bozunmayı bile derinden etkilemişti.

Bütün bunlardan toplumsal kazanımlar da etkilenmişti. İnsanların çok güzel giysiler içinde, görkemli barınaklarda yaşadıklarını gördüm, hiçbir işle uğraşmak zorunda kalmadıklarını fark ettim. Mücadelenin en küçük bir izi yoktu, ne toplumsal ne de ekonomik mücadelenin. Mağazalar, reklamlar, trafik, yaşamımızın çok büyük bir bölümünü kaplayan bütün o ticaret ortadan kalkmıştı. O görkemli akşamda, insanın toplumsal bir cennetle karşı karşıya olduğunu sanması kadar doğal bir şey olamazdı. Gördüğüm kadarıyla, nüfus artışı son bulduğu için bunun getirdiği sorunlar da çözülmüştü.

Ama koşullardaki bu değişimle birlikte ister istemez o değişime uyarlanma sorunu da ortaya çıkar. Biyoloji bilimi baştan aşağı bir yanılgı değilse eğer, insan zekâsı ve gücünü sağlayan nedir? Zorluklar ve özgürlük: Etkin, güçlü ve zeki olanların ayakta kaldığı, zayıfların ise duvara tosladığı koşullar; yetenekli insanların sadık birleşmelerini, kendini gemlemeyi, sabrı ve kararlılığı el üstünde tutan koşullar. Ve aile kurumu ve orada boy atan duygular, amansız kıskançlık, çocuklara gösterilen sevecenlik, anababaların özverisi, bütün bunlar gerekçelerini gençlerin her an karşılaşabileceğinden korkulan tehlikelerde buldular ve onlardan destek aldılar. *İyi de*, nerede kaldı bu tehlikeler? Karı-koca arasındaki kıskançlığa, zorlu anneliğe, her türlü çileye karşı büyüyen ve daha da büyüyecek olan bir duyarlılık var; bunlar artık gereksiz şeyler, bizi tedirgin ve yabanıl varlıklar kılan, seçkin ve güzel bir yaşamla uyuşmayan şeyler.

Aklımdan bu insanların narin bedenleri, zekâ yoksunlukları ve o bir sürü kocaman yıkıntı geçtiğinde, Doğa'nın tam anlamıyla fethedildiğine olan inancım güçlendi. Çünkü savaşın ardından Dinginlik gelir. İnsanlık gücünü, etkinliğini ve zekâsını göstermiş, içinde yaşadığı koşulları değiştirmek için yaşam gücünü sonuna kadar kullanmıştı. Ve şimdi sıra değiştirilen koşulların tepkisine gelmişti.

Tam bir rahatlık ve güvenliğin egemen olduğu bu yeni koşullarda, bizim güç dediğimiz o ele avuca sığmaz enerji ister istemez zayıflığa dönüşecekti. Bir zamanlar varlığımızı sürdürmek için gerekli olan kimi eğilimler ve tutkular bizim dönemimizde bile sürekli bir başarısızlık kaynağıdır. Örneğin, bedensel cesaret ve savaş sevdası uygar bir insana fazla bir yarar getirmez – dahası ayakbağı bile olabilir. Bedensel denge ve güvenliğin oluştuğu bir durumda, ne düşünsel güce yer olacaktı ne de bedensel güce. Şu kanıya vardım ki, çok uzun yıllardır savaş tehlikesi ya da münferit şiddet görülmemişti, yabanıl hayvan tehlikesiyle karşılaşılmamıştı, bünyelerin sağlam olmasını gerektiren ölümcül hastalıklar boy göstermemişti, çalışmaya gereksinim duyulmamıştı. Böyle bir yaşam için bizim güçsüz saydıklarımız da güçlüler kadar donanımlıdır, aslında artık güçsüz değildirler. Gerçekte daha da donanımlıdırlar, çünkü çıkış yolunu bulamayan bir enerji güçlüleri yiyip bitirecektir. Gördüğüm yapıların benzersiz güzelliği, hiç kuşkusuz, insanlığın artık amacını yitirmiş enerjisinin yatışarak içinde yaşadığı koşullarla kusursuz bir uyum içine girmesinden hemen önceki son çırpınışlarının ürünüydü – son büyük barışı başlatan o zaferin gösterişiydi. Güvenlikteki enerjinin yazgısı her zaman bu olmuştur; sanat ve erotizme sığınır, ardından da uyuşukluk ve bozulma gelir.

Bu sanatsal dürtü bile önünde sonunda yok olup gider – benim gördüğüm Zaman'da nerdeyse yok olmuştu. Kendilerini çiçeklerle bezemek, günışığında danslar etmek, şarkılar söylemek; sanatsal ruhtan geriye ancak bu kadarı kalmıştı, daha fazlası değil. O bile sonunda yerini durumundan hoşnut bir uyuşukluğa bırakacaktı. Bizler acı ve gerekliliğin bileğiçarkında bilenip duruyoruz; oysa bana öyle geldi ki, o kötücül bileğiçarkı en sonunda burada kırılmıştı!

Orada, gittikçe bastıran karanlıkta dinelirken, şu basit açıklamayla dünyanın sorununu iyice kavradığımı – bu sevimli insanların bütün sırrını kavradığımı düşündüm. Nüfus artışına karşı geliştirdikleri engellemeler çok işe yaramış olsa gerekti; sayıları bırakın durağan kalmayı, azalmıştı. Metruk yıkıntıların açıklaması buydu. Açıklamam çok basit ve bir o kadar da inandırıcıydı – bütün yanlış görüşler gibi!"

VII. Apansız Bir Şaşkınlık

"Orada durmuş, insanoğlunun bu aşırı kusursuz zaferi üstüne derin düşüncelere dalmışken, kuzeydoğudan akıp gelen gümüşsü bir ışığın arasından, sapsarı ve şişkin dolunay belirdi.[22] Küçük parlak bedenler aşağılarda dolanmaz oldular, bir baykuş yanımdan sessizce geçip gitti, gecenin serinliğinde ürperdim. Bunun üzerine aşağıya inmeye ve uyuyabileceğim bir yer bulmaya karar verdim.

Bildiğim o yapıya bakındım. Sonra, bakışlarım, yükselen ay ışıdıkça tunç kaidesinin üstünde silikleşen Beyaz Sfenks yontusuna uzandı. Karşısındaki gümüş rengi huş ağacını görebiliyordum. Birbirine dolanmış ormangülü çalıları solgun ışıkta kapkaraydı ve o küçük çimenlik oracıktaydı. Çimenliğe bir daha baktım. İçime düşen tuhaf bir kuşku huzurumu kaçırdı. Cesaretimi toparlayarak, 'Hayır,' dedim kendi kendime, 'bu o çimenlik olamaz.'

Gel gör ki, o çimenlikti işte. Çünkü sfenksin cüzamlıları andıran beyaz yüzü oraya dönüktü. Bunu anladığım anda neler hissettiğimi düşünebiliyor musunuz? Mümkün değil. Zaman Makinesi yerinde yoktu!

Birden, suratıma bir kırbaç indirilmiş gibi, kendi çağımın elimden gitmiş olabileceği, umarsızca bu yeni yabansı dünyanın ortasında kalmış olabileceğim olasılığı düştü aklıma. Böyle bir olasılığın aklımdan geçmesi bile fiziksel bir etki yarattı bende. Gırtlağımdan yakaladığını, beni soluksuz bıraktığını duyumsayabiliyordum. O saat yüreğim yerinden oynadı ve tabanları kaldırıp bayır aşağı bir koşu tutturdum. Bir ara yüzükoyun düşüp yüzümü kestim; kanı durdurmaya çalışmakla vakit kaybetmeden hemen yerden kalkıp yanağımdan ve çenemden ılık kanlar süzülerek koşmayı sürdürdüm. Koşarken, 'Göz önünden kaldırmışlar, çalıların arasına çekmişlerdir,' deyip duruyordum kendi kendime. Bir yandan da var gücümle koşuyordum. Bu arada, bazen aşırı korkunun getirdiği bir kesinlikle biliyordum ki, böylesi bir özgüven aptallıktan başka bir şey değildi, içgüdülerim makinemin erişemeyeceğim bir yere çekilmiş olduğunu söylüyordu. Nefes alırken canım yanıyordu. Sırtın tepesinden çimenliğe kadar üç kilometreden fazla yolu sanırım on dakikada almıştım. Üstelik genç bir adam da değilim. Koşarken, makineyi orada bırakacak kadar enayi olduğum için kendime avazım çıktığı kadar bağırarak sövüp sayarken soluk soluğa kaldım. Bir ara haykırdımsa da kimseden yanıt gelmedi. Bu ayaydınlık dünyada tek bir canlıdan kıpırtı yoktu.

Çimenliğe vardığımda korktuğum başıma geldi. Makinenin yerinde yeller esiyordu. Birbirine dolanmış karanlık çalıların arasında da hiçbir şey göremeyince baygınlık geçirecek gibi oldum ve buz kestim. Öfkeyle fırlayıp, sanki aygıt oralarda bir yere gizlenmiş gibi çalıların arka tarafına dolandım, sonra birden durdum ve iki elimle saçlarıma yapıştım. Tunç kaidesinin üstündeki sfenks, yükselen ayın ışığında, beyaz, parlak ve cüzamlı yüzüyle tepeden bana bakıyordu. Umarsızlığımla alay edercesine gülümsüyordu sanki.

O minik insanların bedensel ve düşünsel yetersizliklerinden emin olmasam, aygıtı benim için korunaklı bir yere kaldırdıklarını düşünerek teselli bulabilirdim. Beni dehşete düşüren, buluşumun o güne kadar kimsenin bilmediği bir gücün işe karışmasıyla ortadan kaybolduğu kuşkusunun içime düşmüş olmasıydı. Ama bir şeyden emindim: Başka bir çağ tıpkısını yaratmamışsa, makine zamanda yol almış olamazdı. Kolların ara parçaları onların istendiği gibi kurcalanmasını önleyecek biçimde yapılmıştı – bunun yöntemini size daha sonra göstereceğim. Makine yalnızca uzayda ilerletilmiş ve bir yere gizlenmişti. Peki, öyleyse nerede olabilirdi?

Bir çeşit cinnet geçirmiş olmalıyım. Sfenksin dört bir yanında ayın aydınlattığı çalıların arasına çılgınca dalıp çıktığımı, yarı karanlıkta küçük bir geyiğe benzettiğim beyaz bir hayvanı ürkütüp kaçırdığımı anımsıyorum. Bir de, o gecenin gecinde, çalıları yumrukladığımı, kırık dallardan yaralanan ellerimin eklem yerlerinin kanadığını. Sonra, hıçkırıklara boğularak ve kahrımdan çılgınca bağırıp çağırarak, o büyük taş yapının oraya indim. Büyük salon karanlık ve sessizdi, içeride kimseler yoktu. Eğri büğrü zeminde kayıp, malakit[23] masalardan birinin üstüne düşünce, nerdeyse kavalkemiğim kırılıyordu. Bir kibrit çaktım ve daha önce size sözünü ettiğim tozlu perdelerin önünden geçerek ilerledim.

Bu sefer ikinci bir büyük salon çıktı karşıma, yerlere serili minderlerde pek çok minik insan uyuyordu. Sessiz karanlığın içinden birden anlaşılmaz sesler çıkararak yeniden karşılarında bitmemi, kibritin çıkardığı sesi ve alevi hiç kuşkum yok garipsemişlerdir. Kibrit diye bir şeyi anımsamıyor olmalıydılar. Onları ellerimle tutup sarsalarken, hırçın bir çocuk gibi, 'Benim Zaman Makinem nerede?' diye avazım çıktığı kadar bağırmaya başladım. Bu davranışım onlara çok garip gelmiş olmalı. Bazıları güldüyse de, çoğu çok korkmuş görünüyordu. Çevremde toplandıklarını görünce, onları korkutmaya çalışmakla o ortamda yapılabilecek en aptalca şeyi yapmakta olduğumu fark ettim. Çünkü gündüzki davranışlarına bakılırsa, korku denen şeyi unutmuş olmalıydılar.

Birden kibriti yere attım ve karşımdakilerden birini devirerek yalpalaya yalpalaya yeniden yemek salonundan geçtim, ayışığına çıktım. Dehşet içinde çığlıklar attıklarını ve küçük ayaklarıyla tökezlenerek sağa sola koştuklarını duydum. Ay gökyüzünde ağır ağır yükselirken yaptıklarımın hepsini anımsamıyorum. Galiba beni çıldırtan, makinemi umulmadık biçimde yitirmemdi. Kendimi kendi türümden umarsızca kopmuş, bilinmedik bir dünyada yabancı bir hayvan gibi hissediyordum. Tanrı'ya ve Yazgı'ya çılgınca haykırıp yakararak oraya buraya deli gibi koştum sanırım. O umarsız uzun gece son bulurken mecalsiz düştüğümü; olmadık yerlere bakındığımı; ayaydınlık yıkıntılar arasında el yordamıyla arandığımı ve karanlık gölgeler arasında acayip yaratıklara dokunduğumu; en sonunda da, sfenksin orada yere uzanıp çaresizlik içinde ağladığımı, gücümün makinemi orada bırakmakla yaptığım aptallığa öfke duyamayacağım kadar tükendiğini anımsıyorum. Perperişandım. Sonra uyumuşum, gözlerimi açtığımda öğle olmuştu, yanı başımda çimenlerin üstünde birkaç serçe hoplayıp duruyordu.

Sabahın tazeliğinde yerimden doğruldum, oraya nasıl geldiğimi ve neden bu kadar derin bir yalnızlık hissettiğimi, neden bu kadar derin bir umarsızlığa kapıldığımı anımsamaya çalıştım. O zaman kafamda her şey berraklaştı. Günışığıyla birlikte kafam açılıp aklım başıma gelince, içinde bulunduğum durumu daha açık seçik görebildim. Geceki cinnetimin ne kadar çılgınca ve ahmakça olduğunun ayırdına varabildim ve kendimi inandırabildim. En kötü ne olabilir, diye geçirdim içimden. Diyelim, makine sırra kadem bastı – belki de yok edildi. Benim, sakinliğimi ve sabrımı korumam, bu insanların davranış biçimlerini kavramam, makinemin nasıl kaybolduğunu açık seçik anlamam, sonunda belki yeni bir makine yapabilmek için gerekli araç gereci nereden bulacağımı öğrenmem yakışık alır. Biricik umudum bu, belki zayıf bir umut, ama umutsuzluğa yeğlerim. Hem, ne de olsa, çok güzel ve ilginç bir dünya burası.

Ama makine alınıp götürülmüş olsa gerekti. Yine de, sakinliğimi koruyup sabırlı olmalı, gizledikleri yeri bulmalı ve cebren ya da hileyle onu geri almalıydım. Böylece güçlükle yerimden kalkıp çevremde yıkanabileceğim bir yer arandım. Kendimi yorgun ve gergin hissediyordum, onca yolun kiri pası içindeydim. Sabahın tazeliğini bedenimde duymak istiyordum. Coşkumu yitirmiştim. İşe koyulduğumda, geceki aşırı heyecanıma inanamadığımı fark ettim. Küçük çimenliğin sağını solunu iyice gözden geçirdim. Bir süre, yanıma gelen küçük insanlara boş yere sorular yöneltmekle geçti. El kol hareketlerimi anlayan çıkmadı: Kimileri boş boş baktı; kimileri de onlarla şakalaştığımı sanarak gülümsemekle yetindi. Sevimli güleç yüzlerine dokunmamak için akla karayı seçtim. Aptalca bir dürtüydü elbette, ama korku ve insanın gözünü kör eden öfkenin doğurduğu şeytan meydanı boş bulmuştu, şaşkınlığımdan yararlanmak için can atıyordu. Aslında çimenler daha iyi fikir veriyordu. Sfenksin kaidesi ile ilk geldiğimde devrilen makineyi kaldırmaya çalışırken bıraktığım ayak izleri arasında bir yerde, çimenlerin üstünde bir oyuk açılmıştı. Ortalıkta makinenin çekilip götürüldüğünü gösteren başka belirtiler, bir tembelhayvanın bıraktığı izlemini veren tuhaf, dar ayak izleri de vardı. Bunlar beni kaideye daha yakından bakmaya yöneltti. Sanırım daha önce belirtmiştim, kaide tunçtandı. Yekpare değildi, iki yanı da çerçeveli panolarla bezeliydi. Yaklaşıp elimle vurdum. Panoları dikkatle inceleyince, çerçevelerle bağlantılı olmadıklarını gördüm. Kulpları ya da anahtar delikleri yoktu; ama panolar, sandığım gibi aslında birer kapı idiyseler, içeriden açılıyor olmalıydılar. Artık hiç kuşkum kalmamıştı. Zaman Makinemin o kaidenin içinde olduğu sonucuna varmam için büyük bir zihinsel çaba göstermeme gerek yoktu. Ama asıl sorun oraya nasıl girdiğiydi.

Çalıların arasından çıkıp çiçek açmış elma ağaçlarının altından bana doğru gelen turuncu giysili iki kişinin başlarını gördüm. Dönüp gülümsedikten sonra yanıma gelmeleri için el ettim. Yanıma geldiklerinde, tunç kaideyi göstererek onu açmak istediğimi anlatmaya çalıştım. Ama kaideye doğru daha ilk el hareketimde bir tuhaf oldular. Yüzlerindeki ifadeyi size nasıl anlatayım, bilemiyorum. Çok kibar bir kadına çok uygunsuz bir el hareketi yaparsanız size nasıl bakar, işte öyle baktılar. En olmayacak hakareti görmüş gibi çekip gittiler. Bu sefer beyaz giysili, sevimli bir delikanlıyı denedimse de sonuç bütünüyle aynı oldu. Gösterdiği tavır nedense utandırmıştı beni. Ama bildiğiniz gibi Zaman Makinesi'ni mutlaka bulmak istediğim için onu bir kez daha yokladım. Öbürleri gibi ondan da yanıt alamayınca öfkeme yenik düştüm. Birkaç adımda yetiştim, onu urbasının ensesindeki bol yerinden tuttuğum gibi sfenkse doğru sürüklemeye başladım. Ne ki, yüzündeki dehşet ve nefreti görünce bırakıverdim.

Ama henüz teslim bayrağını çekmemiştim. Tunç panolara bir yumruk indirdim. İçeride bir şey kımıldamış gibi geldi –daha açık olmak gerekirse, bir gülüşme duyar gibi oldum– ama yanılmıştım herhalde. Sonra ırmaktan büyük bir çakıltaşı alıp geldim, vura vura bezemelerdeki büklümlerden birini yamyassı ettim, paslar un ufak döküldü. Narin minik insanlar hışımla indirdiğim darbeleri bir buçuk kilometre kadar uzaktan duymuş olmalıydılar, ama bir şey olmadı.

Yamaçlardan beni kaçamak bakışlarla izleyen bir kalabalık gördüm. En sonunda, öfkeli ve bitkin çöküp oturdum, etrafı izlemeye koyuldum. Ama uzun süre izleyemeyecek kadar tedirgindim; kaldı ki, uzun süre rehavete kapılamayacak kadar Batılıyımdır. Gerçi bir problem üstünde yıllarca çalışabilirim, ama yirmi dört saat kılımı kıpırdatmadan beklemek aynı şey değil.

Biraz sonra yerimden kalkıp, çalıların arasından geçerek ne yapacağımı bilmeden yeniden tepeye doğru yürümeye başladım. 'Sabırlı ol,' diyordum kendi kendime. 'Makinene kavuşmak istiyorsan o sfenksi rahat bırakmalısın. Makineni alıp götürmek istiyorlarsa tunç panoları parçalamanın bir yararı yok; ama öyle bir niyetleri yoksa zaten makinenin nerede olduğunu sorabildiğin zaman geri alırsın. İnsanın kafasını karıştıran bir sürü bilinmeyenin ortasında oturup durmak bir işe yaramaz. Sonunda bunu takıntı haline getirirsin. Bu dünyayla yüzleş. Yolunu yordamını öğren, dikkatle izle, anlam çıkarmak için çok acele tahminlerde bulunmaktan kaçın. Önünde sonunda tümünün ipuçlarını bulacaksın.' Sonra birden içinde bulunduğum durumun gülünçlüğü geldi aklıma: Geleceğe varabilmek için onca yıl nasıl çalışıp çabaladığımı düşündüm, oysa şimdi kafamı gelecekten kaçıp kurtulmaya takmıştım. Bir insanın kurup kurabileceği en çapraşık, en umarsız tuzağı kurmuştum kendime. Kendi elimle içinden çıkılmaz bir duruma sokmuştum kendimi. Bir kahkaha attım.

Büyük sarayın içinden geçerken, küçük insanlar benimle göz göze gelmekten kaçınıyorlardı sanki. Bana öyle gelmiş de olabilir ya da tunç kaideye indirdiğim darbelerle ilgili bir şeydi belki de. Yine de, benimle göz göze gelmekten kaçındıklarından oldukça emindim. Neyse, onlarla ilgilenmemeye ve onları izlemekten kaçınmaya özen gösterince bir iki gün içinde her şey eskisi gibi oldu. Dillerini öğrenmek için elimden geleni yaptım, dahası yer yer kendi keşiflerimi de kattım işin içine. Ya ben bazı incelikleri kaçırıyordum ya da dilleri çok basitti – nerdeyse tamamı somut adlardan ve fiillerden oluşuyordu. Hemen hiçbir soyut terim yok gibiydi, değişmeceli dil pek az kullanılıyordu. Cümleleri genellikle basitti ve iki sözcükten oluşuyordu; en basit önermeler dışında hiçbir şey anlatamadığım gibi anlayamıyordum da. Dille ilgili bilgimi gittikçe geliştirip onlarla doğal bir bağlantı kuruncaya kadar, kafamı Zaman Makineme takmaktan vazgeçmeye ve sfenksin tunç kaidesinin sırrını mümkün olduğu kadar kafamdan uzak tutmaya karar verdim. Yine de, anlayabileceğiniz gibi, belirli bir duygu, beni oraya vardığım noktanın çevresindeki birkaç kilometrelik alanın dışına çıkmamaya zorluyordu."

VIII. Açıklama

"Görebildiğim kadarıyla, tüm dünya Thames vadisiyle aynı hayat dolu zenginliği sunuyordu. Hangi tepeye tırmansam, envaiçeşit malzemeden bin bir tarzda yapılmış, olağanüstü güzellikte ve aynı bollukta yapıyı; aynı herdemtaze çalı kümelerini, aynı çiçeğe durmuş ağaçları ve çanakeğreltileri görüyordum. Su zaman zaman gümüşsü parıltılar saçıyor, arazi daha ileride engebeli mavi tepelere doğru yükselerek göğün dinginliğinde yitip gidiyordu. Hemen gözüme çarpan bir tuhaflık da, bana çok derinmiş gibi gelen pek çok yuvarlak kuyuydu. Biri burada ilk yürüdüğümde geçtiğim, tepeye tırmanan patikanın oradaydı. Öbürleri gibi onun da kenarları tuhaf bir biçimde tunçla kaplanmış ve küçük bir kubbeyle yağmurdan korunmuştu. Bu kuyulardan hangisinin başına otursam, kör karanlıktan içeri baktığımda, hiçbir su pırıltısı göremediğim gibi, yaktığım kibritler de hiçbir yansı uyandırmadı. Ama hepsinden de, sanki büyük bir motor çalışıyormuş gibi, pat–pat–pat diye bir ses geliyordu; az sonra, kibritlerimin alevinden, kuyuların boşluğunda sürekli bir hava akımı olduğunu fark ettim. Sonra, kuyulardan birinin ağzından içeri attığım bir kâğıt parçası, ağır ağır salınarak aşağıya düşeceğine o anda hızla soğrularak gözden yitiverdi.

Bir süre sonra da, bu kuyuların, yamaçların orasında burasında yükselen kulelerle bir bağlantısı olabileceğini düşündüm; kulelerin tepesinde, çok sıcak günlerde güneşte kavrulan kumsallarda olduğu gibi, ikide bir titrek bir ışıltı beliriyordu. Biraz düşününce, bunun, asıl önemini kestirmekte zorlandığım geniş çaplı bir yeraltı havalandırma sistemi olduğu yolunda güçlü bir kanı uyandı bende. İlk başta aklıma bunun bu insanların kurduğu kanalizasyon sistemiyle bağlantılı olabileceği geldi. Hemen varılabilecek bir sonuçtu bu, ama sonradan hiç de doğru olmadığı ortaya çıkacaktı.

O gerçek gelecekte bulunduğum süre içinde kanalizasyon şebekeleri, giderler ve benzeri aktarım yolları konusunda pek az bilgi edindiğimi şimdi burada açıkça söylemeliyim. Daha önce okuduğum ütopyalar ve gelecek öngörülerinde, yapılar, toplumsal düzenlemeler, vesaireyle ilgili pek çok ayrıntı verilir. Gel gör ki, tüm dünyaya insanın düşgücünden bakıldığında böylesi ayrıntılara erişmenin kolay olmasına karşılık, bunlar burada karşılaştığım gerçekliklerin ortasına düşmüş gerçek bir gezgin için tümüyle erişilmezdir. Orta Afrika'dan gelip kendini Londra'da bulmuş bir zencinin geri döndüğünde kabilesine anlatacağı hikâyeyi düşünün! Demiryolu kumpanyaları, toplumsal hareketler, telefon kabloları ve telgraf telleri, Paket Dağıtım Kumpanyası, posta havaleleri vesaire hakkında ne bilebilirdi ki? Kaldı ki, biz en azından bütün bunları ona seve seve anlatırdık! Gelgelelim, bütün o öğrendiklerini anlatmaya kalksa bile, ömründe hiçbir yer görmemiş arkadaşı bunların ne kadarını anlayabilir ya da aklı bunların ne kadarını alabilirdi? Sonra günümüzde bir zenci ile bir beyaz arasındaki farkın ne kadar kapandığını düşünün, bir de benimle şu Altın Çağ insanları arasındaki zaman aralığının ne kadar geniş olduğunu! Görünmeyen şeylerin ve rahatıma katkıda bulunan şeylerin ayırdına varabiliyordum; ama otomatik düzenlemelere ilişkin genel bir izlenimi bir yana bırakırsak, korkarım aradaki farkı size anlatabilmem çok zor.

Örneğin, ölülerin nasıl gömüldüğüne gelirsek, ne bir krematoryum izine rastladım, ne de mezara benzer bir yere. Ama bana öyle geldi ki, o ana kadar keşfedebildiğim yerlerin ötesinde bir yerde mezarlıklar (ya da krematoryumlar) olabilirdi. Bu soruyu da kendi kendime inatla sorup durdumsa da merakımı bir türlü gideremedim. Bu konu kafamı iyiden iyiye karıştırmıştı ki, farkına vardığım bir başka şey aklımı daha da karıştırdı: Bu insanlar arasında tek bir yaşlı ya da düşkün yoktu.

Otomatik bir uygarlık ve yozlaşmış bir insanlıkla karşı karşıya olduğum yolundaki ilk başlardaki görüşlerime olan inancımın uzun sürmediğini itiraf etmeliyim. Ne ki, aklıma bir başka görüş de gelmiyordu. Nerede güçlük çektiğimi size anlatmak isterim. Karşıma çıkan o büyük saraylar aslında oturulan, yemek yenen ve uyunan kocaman alanlardan başka bir şey değildi. Hiçbir makineye, herhangi bir araç gerece rastlamamıştım. Gelgelelim, bu insanlar herhalde arada sırada yenilenmesi gereken güzel kumaşlardan giysiler içindeydiler ve ayaklarındaki sandaletler süssüz olmakla birlikte metal işçiliğinin hayli gelişkin örnekleriydi. Böyle şeyler her nasılsa yapılıyor olmalıydı. Ve bu küçük insanlarda yaratıcılıktan eser yoktu. Ne bir dükkân vardı ne de bir atölye, dışarıdan mal aldıklarına ilişkin bir belirti de görülmüyordu. Bütün vakitlerini güzel güzel oynayarak, ırmakta yüzerek, cilveleşip sevişerek, meyve yiyerek ve uyuyarak geçiriyorlardı. İşlerin nasıl yürütüldüğünü anlayamıyordum.

Evet, yine Zaman Makinesi'ne dönersek: Bilemediğim bir şey onu Beyaz Sfenks'in boş kaidesinin içine sokmuştu. *Niye?* Kendimi ne kadar zorlarsam zorlayayım aklıma bir şey gelmiyordu. Hem sonra o susuz kuyular, o titreşen sütunlar. Bir ipucunun eksik olduğunun farkındaydım. Düşünüyordum ki – nasıl desem? Diyelim bir yazıt geçti elinize, orasında burasında kusursuz, su katılmamış bir İngilizceyle yazılmış cümleler ve aralara sokuşturulmuş hiç bilmediğiniz bir dilde sözcükler, hatta harfler. Eh, oraya gidişimin üçüncü gününde, Sekiz Yüz İki Bin Yedi Yüz Bir yılının dünyası bana böyle görünüyordu işte!

O gün hiç hesapta yokken bir dost edinecektim. Bu küçük insanlardan bazılarının ırmağın sığlığında yüzmelerini izliyordum, birden birinin bacağına kramp girmesin mi, akıntı aşağı sürüklenmeye başladı. Ana akıntı oldukça hızlı olsa da, vasat bir yüzücü için bile o kadar güçlü sayılmazdı. O yüzden, bu yaratıkların gözlerinin önünde umarsız çığlıklar atarak boğulmakta olan zavallıcığı kurtarmak için kıllarını kıpırdatmadıklarını söylersem, onlardaki o garip eksiklik konusunda bir fikir edineceksinizdir. Bunu fark eder etmez çabucak soyunup sığlığa atladım, zavallı yaratığı yakalayarak sağ salim karaya çıkardım. Kollarını bacaklarını biraz ovunca kendine geldi, ben de bir şeyi kalmadığını görmenin gönül rahatlığıyla yanından ayrıldım. Onun türünü o kadar küçük görüyordum ki, ondan minnet göstermesini beklememiştim. Oysa yanılmışım.

Bu olay sabahleyin olmuştu. Öğleden sonra bir keşif gezisinden merkez alanıma dönerken, kadın olduğunu sandığım o minik yaratığa rastladım: Beni sevinç çığlıklarıyla karşıladı ve belli ki sırf benim için yapılmış kocaman bir çelenk verdi bana. Ağzım açık kaldı. Anlaşılan kendimi çok yalnız hissediyordum. Her neyse, armağandan duyduğum memnunluğu belirtmek için elimden geleni yaptım. Çok geçmeden, küçük bir taş çardakta oturmuş, daha çok gülücüklerden oluşan bir sohbete koyulmuştuk. Yaratığın sokulganlığı, tıpkı bir çocuğun sokulganlığının etkisini uyandırdı bende. Birbirimize çiçekler verdik ve ellerimi öptü. Ben de onun ellerini öptüm. Sonra konuşmaya çalıştım ve adının

Weena olduğunu anladım; ne anlama geldiğini bilmemekle birlikte, her nedense ona çok uygun düşen bir ad gibi geldi. Bu tuhaf dostluk işte böyle başladı, ama ancak bir hafta sürdü – anlatacağım!

Çocuktan farksızdı. Hep yanımda olmak istiyordu. Nereye gitsem ardımdan gelmeye çalışıyordu; yeniden etrafı keşfe çıktığımda ne yaptım ettim, onu iyice yordum ve sonunda terk ettim, bitkin ve ağlamaklı bir halde arkamdan sesleniyordu. Ama dünya hallerinin halledilmesi gerekiyordu. Geleceğe ufaktan bir âşıktaşlık etmeye gelmedim ya, dedim kendi kendime. Gel gör ki, onu bıraktığımda o kadar büyük bir kedere kapılmıştı ki, ayrılmamızla ilgili yakınmaları zaman zaman çılgınca boyutlara varmıştı; bana gelince, bana olan bağlılığı yüreğimi rahatlattığı kadar içimi de daraltmıştı. Yine de her nasılsa büyük bir huzur vermişti bana. Bana yalnızca çocuksu bir sevgiyle bağlandığını sanmıştım. Onu terk etmekle yüreğinde ne kadar derin bir yara açtığımı açık seçik kavradığımda artık çok geçti. Onun benim için ne kadar değerli olduğunu açık seçik anladığımda da artık çok geçti. Çünkü bu küçücük bir oyuncak bebekten farksız yaratık, yalnızca benden hoşlanıyor görünmekle ve boş yere de olsa beni umursadığını göstermekle bile, Beyaz Sfenks'in oraya geri döndüğümde rahat bir nefes almamı sağlamıştı; nitekim tepeye tırmanır tırmanmaz gözlerim onun beyaz altın rengi minik bedenini arayacaktı.

Korkunun yeryüzünden henüz yok olmadığını da ondan öğrendim. Gündüzleri son derece korkusuzdu ve belki garip ama bana çok güveniyordu; çünkü bir seferinde, bir anlık bir sersemlikle ona gözdağı verircesine yüzümü buruşturacak olduğumda gülmekle yetindi. Ama karanlıktan çok korkuyordu, gölgelerden çok korkuyordu, siyah olan her şeyden çok korkuyordu. Korktuğu tek şey karanlıktı. Çok şiddetli bir duyguydu bu ve beni düşünmeye ve gözlemlemeye yöneltti. O zaman, daha pek çok şeyin yanı sıra, hava karardıktan sonra bu küçük insanların büyük evlerde bir araya geldiklerini ve toplu halde uyuduklarını fark ettim. Onlara elinizde bir ışık olmadan sokulmayagörün, müthiş bir korkuya kapılıyorlardı. Hava karardıktan sonra bir tekinin bile dışarıda dolaştığına ya da içeride tek başına uyuduğuna tanık olmadım. Yine de o kadar ahmaktım ki onların bu korkusundan ders çıkaramadım ve Weena'nın kaygılanmasına aldırmadan, toplu halde uyuyan bu yaratıklardan uzakta bir yerde yatmakta direttim.

Bu onun çok canını sıkıyordu, ama sonunda bana duyduğu o garip sevgi baskın çıktı ve birlikteliğimizin beş gecesi boyunca, hatta son gecesinde bile başını koluma yaslayarak uyudu. Geçelim, ondan söz ettikçe hikâyem kayıp gidiyor elimden. Onu boğulmaktan kurtarmamdan bir gece önce olmalı, şafağa doğru uyanmıştım. Tedirgindim, çok tatsız bir düş görmüştüm, düşümde boğuluyordum ve denizşakayıkları yumuşak duyargalarını yüzümde gezdiriyorlardı. Uykumdan sıçrayarak uyandım, garip ama odadan dışarı fırlayıveren bozrak bir hayvanın hayalini görmüştüm. Yeniden uyumaya çalıştımsa da artık tedirgin olmuştum bir kere, huzurum kaçmıştı. Bir sürü şeyin karanlığın içinden gizlice süzüldüğü, renksiz ve belirgin olmakla birlikte gerçekdışı göründüğü o fersiz, ölgün saatlerdi. Kalkıp büyük salona indim, sarayın önündeki döşeme taşlarının oraya çıktım. Mihneti kendime zevk etmeyi ve gündoğumunu izlemeyi düşünüyordum.

Ay batıyordu, yitmekte olan ayışığı ile şafağın ilk solgunluğu ürküntü verici bir loşlukta birbirine karışmıştı. Çalılık kapkara, yer koyu gri, gök soluk ve kasvetliydi. Tepeye doğru birkaç hayalet gördüğümü sandım. Yamaca göz atarken birbiri ardı sıra üç kez beyaz gövdeler gördüm. İki kez bayır yukarı bir başına hızla koşan beyaz, maymunsu bir yaratık görür gibi oldum, bir kez de yıkıntıların orada kara bir gövdeyi taşıyan üç yaratık gördüm. Yangından mal kaçırır gibi gidiyorlardı. Ne yaptılar göremedim. Çalıların arasında kayboldular sanki. Ortalık hâlâ aydınlanmamıştı, bilirsiniz. Sabahın o insanın içini ürperten, belli belirsiz ilk saatlerini iliklerimde hissediyordum, bilmez değilsinizdir. Açık seçik göremiyordum.

Gökyüzü doğuda giderek aydınlanıp günışığı canlı renkleriyle yeryüzüne bir kez daha vurduğunda, ortalığa dikkatle göz attım. Ama benim o beyaz gövdeler sırra kadem basmıştı. Işığın belli belirsizliğinin doğurduğu yaratıklardı belki de. 'Hayalet olmalılar,' dedim kendi kendime; 'Hangi tarihten kalmışlar acaba, merak ettim.' Çünkü aklıma Grant Allen'ın delice bir fikri gelmiş ve gülmüştüm. Eğer her kuşak öldüğünde arkasında hayaletler bıraksa, diyordu Allen, sonunda bu dünya hayaletlerden geçilmez olur.[24] Bu görüş doğru olsaydı, o zamandan bu yana geçen Sekiz Yüz Bin Yıl sonra saymakla bitmeyecek kadar hayalet olacak, bunların dördünü aynı anda görmek hiç de şaşırtıcı gelmeyecekti. Ama bu espri de bir işe yaramadı ve o hayaletler bütün sabah aklımdan çıkmadı, ta ki Weena'yı kurtarışım onları kafamdan silip atıncaya kadar. Onlar, belli belirsiz de olsa, Zaman Makinesi'ni çıldırmışçasına ilk aramaya çıktığımda ürküttüğüm o beyaz hayvanı çağrıştırmıştı bana. Neyse ki, Weena onları unutturuvermişti. Ama yine de, çok geçmeden zihnimi çok daha amansızca ele geçirmelerinden kurtulamayacaktım.

Bu Altın Çağ'da havanın bizim zamanımızdakinden çok daha sıcak olduğunu sanırım söylemiştim. Buna bir açıklama getiremiyorum. Belki güneş daha sıcaktı ya da dünya güneşe daha yakındı. Genellikle güneşin gelecekte giderek soğuyacağı düşünülür. Ama genç Darwin'inki[25] gibi böyle nazariyelerden habersiz olanlar, gezegenlerin önünde sonunda bir bir ana gövdeye geri dönmek zorunda olduğunu akıllarına getirmezler. Bu felaketler meydana gelirken, güneş yenilenmiş bir enerjiyle alev alev yanacak; kaldı ki, iç gezegenlerden biri daha şimdiden bu kaderi paylaşmış olabilir.

Nedeni ne olursa olsun, güneşin bizim bildiğimizden çok daha sıcak olduğu bir gerçekti.

Evet, o çok sıcak sabahlardan birinde –sanırım oradaki dördüncü sabahımdı– uyuduğum ve yemek yediğim büyük evin yakınındaki dev yıkıntıda sıcaktan ve gözlerimi kamaştıran ışıktan sığınacak bir yer ararken tuhaf bir şey oldu. Yığılmış taşlar arasında güçlükle yürürken, dipteki ve yanlardaki oyukları taş yığınlarıyla kapanmış dar bir geçide rastladım. Dışarının parlaklığından sonra, içerisi bana ilk başta kapkaranlık geldi. El yordamıyla ilerleyerek içeri girdim, çünkü aydınlıktan karanlığa geçmemle gözlerimin önünde renk renk benekler uçuşmaya başlamıştı. Birden donup kaldım. Dışarıdan vuran günışığının yansısıyla pırıl pırıl pırıldayan bir çift göz karanlığın içinden bana bakıyordu.

Birden o eski içgüdüsel yabanıl hayvan korkusuna kapıldım. Yumruklarımı sıkarak gözlerimi o ışıl ışıl gözyuvarlarına diktim. Geri dönmeye korkuyordum. O sırada, insanlığın mutlak güvenlikte yaşar gibi göründüğü düşüncesi düştü aklıma. Sonra da o garip karanlık korkusunu anımsadım. Korkumu bir ölçüde yendikten sonra bir adım atıp konuştum. Sesimin sert ve kontrolsüz çıktığını kabul ediyorum. Elimi uzattım ve yumuşak bir şeye değdim. Gözler birden yana seyirtti ve beyaz bir şey önümden geçip gitti. Heyecandan yüreğim ağzıma gelerek arkama döndüm ve maymunu andıran tuhaf, küçük bir yaratığın, başını garip bir biçimde öne eğerek arkamdaki aydınlık alanda koştuğunu gördüm. İri bir granit parçasına toslayıp yana savruldu ve bir anda yıkık taş yığınının altına, bir gölgenin karanlığına gizlendi.

Onu kuşkusuz belli belirsiz görebildim; ama soluk beyaz renkteydi, iri ve garip gözleri bozrak kırmızıydı, biliyorum; başındaki lepiska saçları da sırtından aşağı kadar uzanıyordu. Ama dediğim gibi, o kadar hızlı geçip gitti ki onu doğru dürüst göremedim. Dört ayak üstünde mi, yoksa yalnızca önayaklarına kapanarak mı koştuğunu bile söyleyemem. Bir an duraladıktan sonra ikinci bir taş yığınına kadar ardından gittim. İlk başta onu bulamadım; ama bir süre yoğun bir karanlıkta kaldıktan sonra, size daha önce sözünü etmiş olduğum yuvarlak kuyumsu deliklerden birini gördüm, üstüne bir sütun yıkılmış, yarı yarıya kapanmıştı. Birden aklım başıma geldi. Bu Şey kuyunun içine dalıp gözden kaybolmuş olmasındı? Bir kibrit yakıp aşağıya bakınca küçük, beyaz bir yaratığın kımıldadığını gördüm, iri parlak gözlerini benden ayırmadan geri geri gidiyordu. Tüylerim diken diken oldu. Sanki bir örümcek insandı! Duvara tutunarak aşağıya iniyordu ki bir de ne göreyim, metal el ve ayak tutamaçlarını kuyudan aşağıya inmek için bir merdiven gibi kullanıyordu. O sırada alev parmaklarımı yaktı, kibrit elimden düşerek söndü, bir kibrit daha yaktığımda küçük canavar gözden kaybolmuştu.

Orada kuyudan aşağıya bakarak ne kadar oturdum, bilmiyorum. Kendimi gördüğüm şeyin insan olduğuna inandırmam vakit aldı. Ama giderek gerçek kafama dank etti: İnsan'ın tek bir tür olarak kalmadığının, iki ayrı hayvana ayrıştığının; Yukarı Dünya'daki benim sevimli çocuklarımın kuşağımızın biricik torunları olmadığının, az önce görünüp kaybolan, akçıl, tiksinç, gececil Şey'in de tüm çağların kalıtçısı olduğunun ayırdına vardım.

O titreşen sütunları ve yeraltı havalandırmasına ilişkin varsayımımı düşündüm. Bunların gerçek anlamından kuşku duymaya başlıyordum. Bu Lemur'un[26] benim kafamdaki o durmuş oturmuş düzende ne aradığını merak ediyordum. O güzelim Yukarıdünyalılar'ın uyuşuk dinginliğiyle ne gibi bir bağlantısı olabilirdi? Ve orada, o kuyunun dibinde neler gizliydi? Kuyunun başına oturmuş, korkulacak bir şey yok, kafandaki soruların yanıtını bulmak için kuyuya inmelisin, diyordum kendi kendime. Gelin görün ki, kuyuya inmekten ödüm kopuyordu! Ben duraksayadurayım, o güzelim yukarıdünyalılardan ikisi günışığının içinden koşarak geldi, cilveleşerek gölgeliğe daldı. Erkek dişinin ardından koşuyor, koşarken ona çiçekler atıyordu.

Beni, kolumu devrik sütuna dayamış, kuyudan aşağıya bakarken gördüklerinde tedirgin oldular sanki. Anlaşılan, bu deliklere ilgi çekmek münasebetsizlik sayılıyordu; çünkü elimle o kuyuyu gösterip onların dilinde bir soru sormaya çabaladığımda, tedirginlikleri daha da belirginleşti ve başlarını çevirdiler. Ama kibritlerimle ilgilendiklerini fark edince hoşlarına gitsin diye birkaç kibrit çaktım. Kuyu hakkında yeniden soru sormayı denedim, ama boşuna. Bunun üzerine, belki ondan bir şey öğrenirim diye Weena'nın yanına dönmek üzere yanlarından ayrıldım. Ama beynimde şimşekler çakmaya başlamıştı bile; tahminlerim ve izlenimlerim yeni bir kurgulamaya kaymaktaydı. Artık elimde bu kuyuların anlamı, havalandırma kuleleri, hayaletlerin esrarıyla ilgili bir ipucu vardı: Tunç kapıların anlamı ve Zaman Makinesi'nin kaderiyle ilgili bir ipucu da cabası! Ve belli belirsiz de olsa, kafamı karıştırmış olan ekonomi sorununu açıklığa kavuşturabilecek bir fikir de geldi aklıma.

Yeni görüşüm şöyleydi. İnsan'ın bu ikinci türü, besbelli, yeraltında yaşıyordu. Yer üstüne pek ender çıkmasının uzun sürelerle yeraltında yaşamasından kaynaklandığını düşünmeme neden olan öncelikle üç özellik söz konusuydu. Bir kere, büyük ölçüde karanlıkta yaşayan hayvanların çoğunda –örneğin, Kentucky mağaralarının beyaz balığında– rastlanan o akçıllık.[27] Sonra, ışığı yansıtabilen ve gececil hayvanların ortak özelliği olan o iri gözler – baykuşu ve kediyi anımsayın. Ve son olarak da, günışında açıkça sersemlemeleri, gölgenin karanlığına doğru hızla, ama beceriksizce ve güçlükle kaçışları ve ışığa çıktıklarında başlarını tuhaf bir biçimde öne eğmeleri – hepsi de ağtabakasının aşırı duyarlı olduğunu düşündürtüyordu.

Öyleyse ayaklarımın altındaki toprağa pek çok tünel kazılmış olsa gerekti ve bu tüneller Yeni Soy'un yaşam ortamı olmalıydı. Tepelerin yamaçlarındaki –aslında ırmak vadisi dışında her yerdeki– havalandırma kuleleri ve kuyular, bunların ne kadar geniş bir alana dal budak saldıklarını ortaya koyuyordu. O vakit, günışığında yaşayan soyun rahatı için gerekli olan çalışmaların bu yapay Yeraltı Dünyası'nda yapılmış olabileceğini varsaymaktan daha doğal ne olabilirdi ki? Bu düşünce o kadar mantıklıydı ki hemen benimsedim ve insan türündeki bu ayrışmanın *nasıl olduğu* üstüne kafa yormaya koyuldum. Belki kuramımı nasıl oluşturduğumu kestiriyorsunuzdur, ama çok geçmeden gerçeği açıklamakta çok yetersiz kaldığını fark edecektim.

Kendi çağımızın sorunlarından yola çıkacak olursak, günümüzde Kapitalist ile Emekçi arasındaki geçici olmaktan öteye gitmeyen, toplumsal ayrımın giderek büyümesinin tüm durumun anahtarı olduğu ilk başlarda bana gün gibi ortada geliyordu. Hiç kuşkusuz size hayli garip –hatta akla hayale sığmaz!– gelecek, ama şimdilerde bile buna işaret eden koşullar var. Yeraltı alanlarını uygarlığın pek o kadar gösterişli olmayan amaçları için değerlendirme yönünde bir eğilim söz konusu; örneğin, Londra'daki Anakent Demiryolu var, yeni elektrikli demiryolları var, altgeçitler var, yeraltı atölyeleri ve lokantaları var, üstelik bunlar gittikçe çoğalıyor. Belli ki, diye düşünüyordum, bu eğilim, Endüstri doğuştan kazanmış olduğu hakkı yavaş yavaş yitirinceye kadar gelişme göstermişti. Diyeceğim, Endüstri gittikçe derinlere inmiş, gittikçe daha büyük yeraltı fabrikalarına yayılmış, zamanının gittikçe artan bir bölümünü orada geçirir olmuştu, ta ki sonunda!.. Bugün bile, kentin Doğu Yakası'ndan[28] bir işçi dünyanın doğal yüzeyinden nerdeyse kopartıldığı böyle yapay koşullarda yaşamıyor mu?

Kaldı ki, zenginlerin dışlayıcılığı –hiç kuşkusuz, eğitim düzeylerinin gittikçe yükselmesi ve onlarla yoksulların kaba şiddeti arasındaki uçurumun gittikçe büyümesi yüzünden– toprakların yüzeydeki çok geniş bölümlerinin onların çıkarına kapatılmasına varıyor. Örneğin, Londra dolaylarında en iyi toprakların belki yarısı dışarıdan gireceklere kapatılmış bulunuyor. Ve yine –yükseköğrenim sürecinin uzunluğu ve pahalılığından, zenginlerin incelmiş alışkanlıklarına sağlanan kolaylıklar ve özendirmelerden dolayı– büyüyen bu uçurum iki sınıf arasındaki alışverişin, şu anda türümüzün toplumsal tabakalaşma yüzünden bölünmesini geciktiren sınıflararası evliliğin her geçen gün biraz daha seyrekleşmesine yol açacak. Böylece, en sonunda, yerin üstünde zevk, rahatlık ve güzellik peşinde koşan Varsıllar'ı, yerin altında da Yoksullar'ı, durmadan yaptıkları işin koşullarına uyarlanan İşçiler'i bulacaksınız. Kendilerini orada bulduklarında inlerinin havalandırılması için epeyce yüksek bir kira ödemek zorunda kalacaklar, reddederlerse de ya aç kalacaklar ya da borç batağına gömülecekler. Düşkün ve asi yaratılmış olanlar ölüp gidecek ve en sonunda, denge yerli yerine oturduğunda, sağ kalanlar kendilerini yeraltı yaşamının koşullarına çok iyi uyduracaklar ve kendilerince mutlu olacaklar, en az Yukarıdünyalılar'ın kendilerince mutlu oldukları kadar. Bana öyle geliyor ki, birinin incelmiş güzelliği de, öbürünün sararıp solmuş benzi de bunun doğal sonucuydu.

İnsanlığın düşlemiş olduğum büyük zaferi kafamda farklı bir biçime bürünmüştü. Ahlak eğitimi ve ortaklaşa çalışmada benim hayalini kurduğum gibi bir zafer elde edilmemişti. Bunun yerine, yetkinleştirilmiş bir bilimle donatılmış ve bugünkü sanayi sistemine mantıklı bir yoldan varmaya çalışan gerçek bir aristokrasi görüyordum. Zaferi, yalnızca doğaya karşı bir zafer değil, doğaya ve insan kardeşlerine karşı bir zafer olmuştu. Yalnız bilmelisiniz ki, bu o sıralardaki benim kuramımdı. Ütopya kitaplarında olduğu gibi bana yol gösterecek bir rehberden yoksundum. Açıklamam tümüyle yanlış olabilir. Ama yine de en mantıklısı olduğu kanısındayım. Ne var ki, bu tahminde bile, en sonunda erişilen dengeli uygarlık doruğuna çoktan varmış da artık çöküşe geçmiş olmalı.

Yukarıdünyalılar'ın eksiksiz bir güvence içinde olmaları, onları yavaş yavaş yozlaşmaya, beden, güç ve zekâ bakımından genel bir gerilemeye yöneltmişti. Bunu daha şimdiden açık seçik görebiliyordum. Yeraltılılar'a ne olduğunu henüz bilmiyordum; ama Morlock'ları –aklıma gelmişken, bu yaratıklar bu adla anılıyordu– gördüğüm kadarıyla, insan tipindeki değişikliğin 'Eloi'lardakinden, tanımış olduğum o güzel soydan çok daha büyük olduğunu kestirebiliyordum.

Derken, zorlu kuşkular belirdi kafamda. Morlock'lar Zaman Makinemi neden almışlardı? Çünkü onların almış olduğundan kuşkum kalmamıştı. Peki, buranın efendisi Eloi'lar ise, makineyi neden bana geri getiremiyorlardı? Sonra karanlıktan neden bu kadar çok korkuyorlardı? Dediğim gibi, bu Yeraltıdünyası'nı bir de Weena'ya sorayım dedimse de, onda da düşkırıklığına uğradım. İlkin sorularımı anlamadı, sonra da yanıtlamaya yanaşmadı. Bu konunun açılmasına katlanamıyormuş gibi tir tir titredi. Ona belki biraz fazla baskı yapmaya kalkınca da gözyaşlarına boğuldu. Altın Çağ'da kendim dışında ilk kez gözyaşı döken birini görüyordum. O gözyaşlarını görür görmez Morlock'ları kuruntu etmeyi bıraktım, kendimi bütünüyle Weena'daki bu insanlık kalıtı belirtilerini gözlerinden silmeye verdim. Çok geçmeden, ben pürdikkat kibrit yakarken, Weena gülümsüyor ve el çırpıyordu."

IX. Morlock'lar

"Belki size tuhaf gelecek, ama yeni bulacağım bir ipucunun yollu yolunca peşine düşene kadar iki gün geçti. O soluk yaratıklar bana garip bir ürküntü veriyordu. Solucanlar ve zooloji müzelerinde alkol içinde saklanan şeyler gibi hafifçe aka çalıyorlardı. Dokunduğunuz zaman iğrenç bir soğukluk duyuyordunuz. Bendeki ürkeklik, büyük olasılıkla, Morlock'lardan duydukları tiksintiyi artık kavramaya başladığım Eloi'larla aynı duyguyu paylaşmamdan kaynaklanıyordu.

Ertesi gece doğru dürüst uyuyamadım. Herhalde sağlığım bozulmuştu. Uğradığım şaşkınlıklar ve kapıldığım kuşkular beni perişan etmişti. Bir iki kez belirli bir nedene bağlayamadığım büyük bir korkuya kapıldım. İnsancıkların ayışığında uyudukları büyük salona sessizce girdiğimi –o gece Weena da oradaydı– ve onların arasında güvenimin yerine geldiğini anımsıyorum. Gelgelelim, birkaç güne kadar ay sondördüne girince gecelerin daha da karanlık olacağı, o zaman da yerin altından gelen bu çirkin yaratıkların, bu akçıllaşmış Lemur'ların, eskisinin yerini alan bu yeni haşaratın ortalıkta daha çok dolaşabileceği geçti aklımdan. Ve o iki gün boyunca, yapmak zorunda olduğu bir işten kaytaran bir adamın tedirginliğinden kurtulamadım. Zaman Makinesi'nin ancak yeraltının esrarını cesaretle çözerek geri alınabileceğinden kuşkum kalmamıştı. Gel gör ki, o esrarın karşısına dikilemiyordum. Yanımda bir dostum olsa her şey farklı olacaktı. Ama yapayalnızdım ve o karanlık kuyudan aşağıya inmem gerektiğini düşünmek bile yüreğime korku salıyordu. Neler hissettiğimi ne kadar anlıyorsunuz, bilemiyorum; ama kendimi zerre kadar güvende hissetmiyordum.

Keşif gezilerimde beni gittikçe uzaklara sürükleyen belki de bu tedirginlik, bu güvensizlikti. Güneybatı yönünde, bugün Combe Wood dedikleri yüksekçe kırlığa doğru yürürken, uzaklarda, on dokuzuncu yüzyılın Banstead'ine doğru, o güne kadar gördüklerimden farklı, kocaman yeşil bir yapı gözüme ilişti.[29] Daha önce rastladığım saraylar ya da yıkıntıların en büyüğünden bile büyüktü ve önyüzünde Doğulu bir esinti seziliyordu: Soluk yeşil tondaki, mavimsi yeşil denebilecek cephesi bir Çin porseleninin gözalıcılığındaydı. Görünüşündeki farklılık farklı bir amaçla kullanıldığını düşündürüyordu; yoluma devam edip burayı keşfetmek istiyordum. Ama artık akşam oluyordu, uzun ve yorucu bir sefer sonunda yapıyı ancak görebilmiştim; o yüzden bu serüveni ertesi güne bırakmaya karar verdim ve geri dönüp kendimi Weena'cığın sıcak ilgisi ve okşayışlarına bıraktım. Ama ertesi sabah, Yeşil Porselen Saray'a duyduğum merakın, ödümü patlatan bir deneyimden bir gün daha kaytarmama yarayacak bir kendini kandırmadan başka bir şey olmadığının açık seçik ayırdına vardım. Daha fazla vakit kaybetmeden bayırdan inmeye karar verdim; sabahın ilk saatlerinde de granit ve alüminyum yıkıntılarının oradaki bir kuyuya doğru yola koyuldum.

Weena'cık da benimle birlikte koşuyordu. Kuyuya kadar yanım sıra dans ederek geldi, ama benim kuyunun ağzından sarkıp aşağıya baktığımı görür görmez, tuhaftır ama telaşlanır gibi oldu. Onu öperek, 'Hoşça kal, Weena'cık,' dedim; sonra da onu yere bırakıp, tırmanma kancalarını bulmak için duvarı yoklamaya başladım. İtiraf edeyim ki, cesaretimin kırılmasından korktuğum için elimi çabuk tutuyordum! Weena ilk başta beni şaşkınlık içinde seyrediyordu. Sonra birden canhıraş bir çığlık attı, koşarak yanıma gelip minik elleriyle beni çekelemeye başladı. Beni engellemeye kalkması devam etmem için bana cesaret verdi galiba. Belki biraz sert oldu, ama silkinip elinden kurtuldum; az sonra kuyunun içine girmiştim bile. Duvardan yukarı bakınca Weena'nın ağlamaklı yüzünü gördüm ve kaygısını gidermek için gülümsedim. Sonra, ister istemez, sallantılı halkalara tutunup aşağıya baktım.

Nerdeyse iki yüz metrelik bir kuyudan aşağıya inmek zorundaydım. Kuyunun iki yanından çıkan metal çubuklara basılarak iniliyordu, ama bunlar benden çok daha ufak ve hafif bir yaratığa göre yapılmış olduğu için çok geçmeden kramp geçirmeye başladım ve bitkin düştüm. Yalnız bitkin düşsem iyi! Çubuklardan biri ağırlığım altında birden eğilmesin mi, az daha karanlığın dibini boyluyordum. Bir an tek elimle asılı kaldım ve başıma gelenden sonra bir daha da dinlenmeye cesaret edemedim. Çok geçmeden kollarım ve sırtımda şiddetli bir ağrı baş göstermesine karşın, elimden geldiğince hızlı bir biçimde dik inişi sürdürdüm. Başımı kaldırıp bakınca yukarıda açıklığı gördüm, o küçük mavi yuvarlakta bir yıldız görünüyordu; küçük Weena'nın başının da yuvarlak siyah izdüşümü vuruyordu. Aşağıdan gelen makine uğultusu gittikçe büyüyor, gittikçe dayanılmaz bir hal alıyordu. Yukarıdaki küçük yuvarlak dışında her şey kapkaranlıktı; yeniden yukarıya baktığımda Weena'yı göremedim.

Büyük bir huzursuzluk içindeydim. Yeniden yukarıya tırmansam, diyordum içimden, bırak şu Yeraltıdünyası'nı, tasası sana mı düştü? Ama aklımdan bunu geçirirken bile inmeye devam ediyordum. En sonunda, hemen sağımda duvarda ince uzun bir kovuk görür gibi olunca geniş bir nefes aldım. Kendimi içeri attığımda, bu deliğin uzanıp dinlenebileceğim dar, yatay bir tünele açıldığını fark ettim. Nihayet. Kollarım ağrıyor, sırtıma kramplar giriyor, sürgit bir düşme korkusuyla tir tir titriyordum. Bu arada, ardı arkası kesilmeyen karanlık gözlerimi mahvetmişti. Kuyunun dibinde hava pompalayan makinenin patırtısı ve uğultusundan geçilmiyordu.

Orada ne kadar serilip kaldım, bilmiyorum. Yüzüme yumuşak bir elin dokunmasıyla kendime geldim. Hemen kibritlerime uzandım, bir kibrit çakınca yukarıda yıkıntıların arasında gördüğüme benzeyen kamburu çıkmış üç beyaz yaratığın ışıktan hızla kaçtıklarını gördüm. Anlaşıldığı kadarıyla zifiri karanlıkta yaşayan bu yaratıkların gözleri tıpkı dip balıklarının gözbebekleri gibi olağanüstü iri ve duyarlıydı ve yine tıpkı onlar gibi ışığı yansıtıyorlardı. Karanlığın belirsizliğinde beni görebildiklerinden kuşkum yoktu; ışıktan değilse de benden hiç korkmamış gibiydiler. Ama onları görmek için bir kibrit yakmamla birlikte çabucak kaçıp karanlık kanallar ve tünellere daldılar, o yabansı gözleriyle oradan bana bakmaya başladılar.

Onlara seslenmeye çalıştımsa da, anlaşılan dilleri yukarıdünyalıların dilinden farklıydı; ister istemez bir başına çaresiz kalmıştım ve o sırada bile keşfi bırakıp oradan kaçmak geçiyordu kafamdan. Ama, 'Bu işin geri dönüşü yok,' dedim kendi kendime ve tünelin içinde el yordamıyla ilerlerken makine uğultusunun yükseldiğini fark ettim. Biraz sonra duvarlar sanki geri geri gitti ve geniş bir açıklığa vardım; bir kibrit daha yaktım ve kibrit alevinin eriminin ötesinde zifiri karanlığa uzanan, çok geniş, kemerli bir mağaraya girmiş olduğumu gördüm. Kibritin aydınlattığından ötesi görünmüyordu.

Kuşkusuz belli belirsiz anımsıyorum. Belirsizliğin içinde büyük makineleri andıran dev karaltılar yükseliyor, hortlaksı Morlock'ların ışıktan kaçıp sığındıkları garip bir ürküntü veren kara gölgeler düşürüyorlardı. Aklıma gelmişken, içerisi boğucu ve iç karartıcıydı; ortalıkta yeni akıtılmış kanın baygın kokusu dolanıyordu. Dehlizin ortasına doğru beyaz metalden küçük bir masa yerleştirilmişti, üstünde de göründüğü kadarıyla yemekler vardı. Belli ki Morlock'lar etoburdu! O anda bile, gördüğüm o kırmızı artıklar bir zamanlar kim bilir hangi iri hayvandı diye düşündüğümü anımsıyorum. Her şey o kadar bulanıktı ki: O dayanılmaz koku, anlam veremediğim o kocaman şekiller, gölgelere gizlenen ve yeniden yanıma gelmek için karanlıkta kalmamı bekleyen iğrenç çehreler! Birden elimdeki kibrit sonuna kadar yanarak parmaklarımı yaktı, karanlıkta kırmızı bir nokta olup kıvrıla kıvrıla gözden yitti.

O zamandan sonra, böyle bir maceraya ne kadar donatımsız kalkıştığımı düşündüm durdum. Zaman Makinesi'yle yola koyulurken, Geleceğin insanları araç gereç bakımından kim bilir bizden ne kadar ileridedirler gibisinden saçma bir varsayım vardı kafamda. Yanıma ne silah almıştım, ne de ilaç, tütün de almamıştım –zaman zaman tütün burnumda tütüyordu!– hatta yanımda yeterince kibrit bile yoktu. Keşke yanıma bir Kodak[30] almak gelseymiş aklıma! Yeraltıdünyası'nın şipşak bir fotoğrafını çeker, vaktim olduğu zaman bakıp incelerdim. Oysa şimdi yalnızca Doğa'nın bana bağışladığı silahlar ve güçlerle –eller, ayaklar ve dişler– kalakalmıştım orada, bir de geriye kalan dört kibritimle.

Karanlıkta bütün o makinelerin arasından güçlükle geçerek ilerlemekten çekiniyordum; kibrit stokumun tükenmeye yüz tuttuğunu ancak elimdeki kibritin alevi sönmek üzereyken fark ettim. Onları tutumlu kullanmam gerektiğini o ana kadar akıl edememiş, ateşin bir yenilik olduğu Yukarıdünyalılar'ı şaşırtayım derken kutunun yarısına yakınını bitirmiştim. Demin de dediğim gibi, yalnızca dört kibritim kalmıştı; karanlıkta öylece duruyordum ki, bir el elime dokundu, ince uzun parmaklar yüzümde gezinirken burnuma son derece rahatsız edici bir koku geldi. Bu iğrenç küçük yaratıklar sürüsünün soluklarını çevremde duyuyordum. Kibrit kutusunun elimden usulca çekildiğini, başka ellerin de arkamdan giysimi çektiğini duyumsadım. Bu görünmeyen yaratıkların beni incelemekte oldukları duygusu anlatamayacağım kadar dayanılmazdı. Birden karanlığın içinde, onların neler düşündüklerinden, nasıl davrandıklarından zerre kadar haberim olmadığını fark ediverdim. Onlara avazım çıktığı kadar bağırdım. Ürküp geri kaçtılarsa da, çok geçmeden bana yeniden yaklaştıklarını hissettim. Birbirleriyle garip garip fısıldaşırlarken, giysimi daha cüretkârca çekiştiriyorlardı. Tepeden tırnağa ürperdim ve bir kez daha cayırtıyı bastım. Bu sefer o kadar ürkmediler, yeniden yaklaşırlarken gülüyormuşçasına tuhaf sesler çıkarıyorlardı. Dizlerimin bağının çözüldüğünü itiraf etmeliyim. Bir kibrit daha yakıp ışığından yararlanarak kaçmaya karar verdim. Kibriti yaktım, titrek aleviyle cebimden çıkardığım bir kâğıt parçasını tutuşturdum, böylece dar tünelin oraya kadar geri çekildim. Ama tünele adımımı atar atmaz ışık sönüverdi; Morlock'ların arkamdan koşturduklarını karanlığın içinden duyabiliyordum, yaprakların arasından esen rüzgâr gibi hışır hışır, yağan yağmur gibi patır patır geliyorlardı.

Az sonra birkaç el bana yapıştı, besbelli beni geriye çekmek istiyorlardı. Bir kibrit daha yakıp, alevi parıldayan yüzlerine doğru salladım. Görmeyen gözleriyle şaşkınlık içinde bakarlarken, o soluk, çenesiz suratlarının, gözkapakları olmayan, kocaman, bozpembe gözlerinin insanlıktan nasibini almamış tiksinçliğini hayal bile edemezsiniz! Ama yemin ederim oracıkta kalakalmadım: Bir kez daha geri çekildim, ikinci kibritim sönünce de üçüncüsünü yaktım. O da sönmek üzereyken kuyuya açılan ağza varmıştım bile. Bir kenara uzandım, büyük pompanın uğultusundan sersemlemiştim. Sonra yan taraftaki koruyucu kancaları el yordamıyla bulmaya çalışırken birileri arkadan ayaklarımı yakaladı ve hızla geriye çekildim. Son kibritimi yaktımsa da hemen söndü. Ama tırmanma çubuklarına tutunmuştum artık, tekmeler savurarak Morlock'ların pençelerinden kurtuldum ve yanıp sönen gözleriyle arkamdan bakadursunlar, hızla kuyudan yukarıya tırmanmaya koyuldum; yalnız alçağın teki bir süre peşimi bırakmadı, az kalsın pabucumu ganimet olarak kapıyordu.

Bu tırmanış sanki hiç bitmeyecek gibiydi. Son yedi sekiz metrede midem feci bulanmaya başlamıştı. Kusmamak için kendimi zor tutuyordum. Son bir iki metrede az kalsın bayılacaktım. Başım durmadan dönüyor, ha bire düşecekmiş gibi oluyordum. Ama en sonunda ne yapıp edip kuyunun ağzına eriştim ve kendimi yıkıntıların arasından düşe kalka kör edici günışığına attım. Yüzükoyun yere kapaklandım. Toprak bile güzel ve mis gibi kokuyordu. Sonrasında Weena'nın ellerimi ve kulaklarımı öptüğünü anımsıyorum, bir de öteki Eloi'ların seslerini. Sonra bir süre baygın kalmışım."

X. Gece Olunca

"Aslına bakılırsa, şimdi eskisinden daha kötü bir durumdaydım. Zaman Makinesi'nin kaybolduğu gece yaşadığım cehennem azabını bir yana bırakırsak, sonunda mutlaka kurtulacağıma ilişkin umudumu şimdiye kadar koruyabilmiştim, ama bu yeni keşifler umudumu kırmıştı. Şimdiye kadar, bana yalnızca, o minik insanların çocuk saflığının ve sırrına vardığımda üstesinden gelebileceğim bazı bilinmeyen güçlerin ayak bağı olduğunu düşünüyordum; ama Morlock'ların iğrençliği yepyeni bir durum olarak çıkmıştı karşıma – insanlıkdışı ve kötücül bir şey vardı onlarda. Onlardan içgüdüsel olarak tiksiniyordum. Daha önce, çukura düşmüş bir insan gibi hissediyordum kendimi: Tek derdim o çukur ve oradan nasıl çıkacağımdı. Oysa şimdi kendimi kapana kısılmış bir hayvan gibi hissediyordum, düşmanım her an üstüme atlayabilirdi.

Korktuğum düşman sizleri şaşırtabilir. Yeniayın karanlığıydı bu düşman. Bunu Karanlık Geceler'le ilgili ilk başlarda anlaşılmaz gelen uyarılarıyla Weena sokmuştu kafama. Artık yaklaşmakta olan Karanlık Geceler'in ne anlama gelebileceğini kestirmek o kadar zor değildi. Ay küçülmekteydi: Karanlık her gece uzuyordu. Ve yukarıdünyanın minik insanlarının karanlıktan neden korktuklarını artık bir ölçüde de olsa anlıyordum. Morlock'ların yeniay olduğunda ne hainlikler yapabileceklerini merak ediyordum. Artık ikinci varsayımımın tümden yanlış olduğundan kuşkum kalmamıştı. Bir zamanlar yukarıdünya insanları ayrıcalıklı aristokrasi, Morlock'lar da onların istençsiz uşakları olmuş olabilirlerdi; ama bunun üzerinden uzun zaman geçmişti. İnsanın evriminden meydana gelen bu iki tür yepyeni bir ilişkiye doğru gidiyorlardı ya da o noktaya varmışlardı bile. Eloi'lar, Karolenj kralları[31] gibi, yozlaşarak işe yaramaz bir güzelliği yaşamaya başlamışlardı. Hiçbir şeye katlanmaksızın yeryüzünü hâlâ ellerinde tutuyorlardı: Çünkü kuşaklardır yeraltında yaşamış olan Morlock'lar en sonunda yerüstündeki günışığına dayanamaz olmuşlardı. Benim anladığım, Morlock'lar onların giysilerini hazırlıyorlar ve belki de eskiden gelen bir hizmet alışkanlığıyla onların alışılmış gereksinimlerini karşılıyorlardı. Bunu, ayakta duran bir atın toprağı eşelemesi ya da bir insanın hayvanları zevk olsun diye öldürmesi gibi yapıyorlardı: Çünkü çok eskilerde kalmış gereklilikler organizmaya damgasını vurmuştu bir kere. Ama eski düzen besbelli bir ölçüde tersine dönmüş bulunuyordu. Öç Tanrıçası nanemollaların tepesine bindi binecekti. İnsanoğlu çağlar önce, binlerce kuşak önce, insan kardeşine rahatı da, günışığını da yasak etmişti. Ve şimdi o kardeş geri geliyordu – değişmiş olarak! Eloi'lar daha şimdiden eski bir dersi yeni baştan öğrenmeye başlamışlardı. Korku'yla yeniden tanışıyorlardı. Ve aklıma birden yeraltıdünyasında görmüş olduğum o et geldi. Aklıma düşmesinde bir tuhaflık vardı: Sanki düşüncelerin akışıyla değil de, nerdeyse dışarıdan sorulan bir soru gibi gelmişti. Etin nasıl bir biçimi olduğunu anımsamaya çalıştım. Belli belirsiz de olsa bildik bir şeye benzetir gibiydim, ama o sırada bunun ne olduğunu çıkaramamıştım.

Yine de, bu küçük insanların esrarengiz Korku'larının karşısında umarsız kalmalarına karşılık, benim yaradılışım farklıydı. Ben bizim çağımızdan, insan soyunun Korku'nun insanların yüreğini oynatmadığı, esrarengizliğin dehşet saçmadığı olgunluk çağından geliyordum. En azından kendimi savunabilirdim. Hiç vakit kaybetmeden kendime silah yapmaya ve uyuyabileceğim korunaklı bir yer bulmaya karar verdim. Böyle bir sığınak edindiğimde, her gece hangi yaratıklara karşı korunmasız olduğumu düşünerek yitirdiğim güveni bir ölçüde de olsa kazanarak bu tuhaf dünyaya göğüs gerebilirdim. Yattığım yer onlara karşı korunaklı olmadıkça bir daha asla rahat uyuyamayacağımı düşünüyordum. Beni nasıl izleyip gözlediklerini düşündükçe tüylerim diken diken oluyordu.

Bütün bir öğleden sonra Thames vadisinde dolaştım durdum, ama ulaşılmaz görünen bir yer gözüme çarpmadı. Yapılar ve ağaçların hiçbiri, kuyularına bakılırsa usta birer tırmanıcı olan Morlock'lar için erişilmez görünmüyordu. Derken, aklıma, Yeşil Porselen Saray'ın uzun kuleleri ve duvarlarının perdahlı parıltısı geldi; akşamleyin Weena'yı bir çocuk gibi omzuma aldım ve tepelere tırmanarak güneybatıya vurdum. Mesafenin on bir-on iki kilometre olduğunu sanmıştım, oysa yirmi sekiz kilometreye yakın olsa gerekti. Sarayı ilk kez mesafelerin gözü yanılttığı ve daha kısa göründüğü nemli bir günün öğleden sonrasında görmüştüm. Üstelik ayakkabılarımdan birinin ökçesi gevşemişti ve tabanıma bir çivi battığı için –içeride giydiğim rahat eski ayakkabılardı– topallıyordum. Saray göğün soluk sarısında belli belirsiz bir karaltı halinde göründüğünde güneş çoktan batmıştı.

Weena onu omzumda taşımaya başladığımda çok keyiflenmişti, ama bir süre sonra kendisini yere indirmemi istedi ve yanım sıra koşmaya başladı; ikide bir sağa sola koşturarak topladığı çiçekleri ceplerime sokuşturuyordu. Ceplerim Weena'yı hep şaşırtmıştı, ama en sonunda onları çiçeklerin yerleştirilebileceği garip bir vazo olarak görmeye başlamıştı. En azından ceplerimi vazo olarak kullanıyordu. Bakın şimdi anımsadım! Ceket değiştirirken buldum..."

Zaman Gezgini bir an durdu, elini cebine soktu ve çok iri beyaz ebegümecileri andıran iki solmuş çiçeği usulca küçük masanın üzerine bıraktı. Sonra da hikâyesine kaldığı yerden devam etti.

"Yeryüzünü akşam sessizliği kaplayadursun, dağın sırtından Wimbledon'a[32] doğru ilerliyorduk ki, Weena yorgun düştü ve boz taş eve geri dönmek istedi. Ama Yeşil Porselen Saray'ın uzaktaki kulelerini göstererek, onun Korku'sunu giderecek bir sığınak aradığımızı anlatmanın bir yolunu bulmaya çalıştım. Alacakaranlıktan önce her şeyin üstüne büyük bir durgunluk çöker, bilirsiniz. Ağaçlar arasında esen hafif rüzgâr bile kesilir. O akşam sessizliği her zaman bir beklenti havasına sokmuştur beni. Gökyüzü açık, uzak ve günbatımından inen birkaç yatay ışık demetini saymazsak boştu. Diyeceğim, o gece beklenti korkularımın rengini almıştı. O kımıltısız karanlıkta duyularım olağandışı keskinleşmişti sanki. Ayaklarımın dibindeki toprağın altındaki boşluğu duyumsayabileceğimi, Morlock'ların o karınca yuvalarında karanlığı beklerken oraya buraya gidip geldiklerini nerdeyse görebileceğimi bile düşünebiliyordum. O heyecan içinde, Morlock'ların inlerine düzenlediğim baskını bir savaş ilanı kabul edeceklerini geçiriyordum aklımdan. İyi de, Zaman Makinemi neden almışlardı?

Biz sessizlikte öylece ilerlerken akşam karanlığı geceye evrildi. Uzaktaki duru mavi soldu, yıldızlar birbiri ardı sıra sökün etti. Yer loşlaştı, ağaçlar karardı. Weena'nın korkuları ve yorgunluğu üstüne çöktü. Onu kollarıma alıp konuştum, okşadım. Derken, karanlık iyice bastırdığında, kollarını boynuma doladı, gözlerini kapatarak yüzünü sımsıkı omzuma yasladı. Öylece, uzun bir bayırdan bir vadiye indik ve o loşlukta kendimi bir derenin içinde buldum. Bata çıka ilerleyip vadinin karşı yakasına vardım, birkaç uyku evinin ve bir heykelin *–başsız* bir Faunus[33] ya da ona benzer bir şeydi– önünden geçtim. Burada da akasyalar vardı. Henüz Morlock'ların izine rastlamamıştım, ama gecenin erken saatleriydi, bizi ayın küçülmeye yüz tutmasıyla birlikte daha da karanlıklaşacak saatler bekliyordu.

Bir sonraki tepenin yamacına vardığımızda, önümde sık ve kara bir ormanın göz alabildiğine uzandığını gördüm. Birden duraladım. Uçsuz bucaksız bir ormandı bu. Bitkin düştüğüm için –özellikle ayaklarım çok ağrıyordu– Weena'yı omzumdan usulca indirip çimenlere oturdum. Artık Yeşil Porselen Saray'ı göremediğim gibi yönümü de yitirmiştim. Kopkoyu ormana bakarken, kim bilir bağrında neler gizlenmiştir diye geçirdim aklımdan. O yoğun dallar yumağının altında insan yıldızları göremezdi. Pusuya yatmış başka hiçbir tehlike –aklımdan geçirmek bile istemediğim bir tehlike– olmasa bile, yerdeki bir sürü köke takılıp tökezleyebilir, bir sürü ağaç gövdesine çarpabilirdik. Bütün gün yaşanan heyecan verici olaylardan sonra ben de bitkin düşmüştüm; o yüzden, ormandan geçmeyi göze almamaya, geceyi tepenin açıklığında geçirmeye karar verdim.

Weena'nın hemen uykuya dalmış olduğunu görünce sevindim. Onu özenle ceketime sarıp sarmaladım ve yanı başına oturup ayın doğmasını bekledim. Yamaç sessiz ve ıssızdı, ormanın karanlığından zaman zaman birtakım canlıların patırtıları duyuluyordu. Gece çok duru olduğu için tepemde yıldızlar pırıl pırıldı. Onların göz kırpışları dostça bir huzur veriyordu bana. Ne ki, eski takımyıldızların hepsi gökyüzünden yitip gitmişti; yüz insan ömrü boyunca algılanamayacak yavaşlıktaki o devinim, takımyıldızları çoktan bilinmedik bir kümelenme içinde yeniden düzenlemişti. Ama bana öyle geldi ki, Samanyolu, tıpkı eskilerdeki gibi, o aynı parça bölük yıldızlar kuşağıydı. Güneye doğru bir yerde (bana öyle gelmişti) hiç bilmediğim çok parlak, kırmızı bir yıldız vardı: Bizim yeşil Sirius'umuzdan[34] bile daha muhteşemdi. Ve bütün o göz kamaştırıcı ışık beneklerinin arasında bir parlak gezegen[35] eski bir dostun yüzü gibi sevecenlikle aralıksız ışıldıyordu.

O yıldızlara bakarken kendi sorunlarımı da, dünyevi hayatın tekmil dertlerini de unutuverdim. Aklımdan, akıl sır ermez uzaklıklarını, bilinmeyen geçmişten bilinmeyen geleceğe uzanan devinimlerinin ağır ve kaçınılmaz akışını geçirdim. Dünyanın kutbunun gösterdiği o büyük devinimsel çevrimi geçirdim aklımdan. Bu sessiz dolanım, içinden geçip geldiğim bütün o yıllar boyunca yalnızca kırk kez meydana gelmişti. Ve bu az sayıdaki dolanım sırasında tüm etkinlikler, karmaşık düzenlenişler, uluslar, diller, edebiyatlar, uzun zamandır güdülen büyük amaçlar, dahası benim bildiğim İnsan'ın belleği bile yok olup gitmişti. Geriye ata soylarını unutmuş olan bu zayıf yaratıklar ve yüreğime dehşet salan o beyaz Şeyler kalmıştı. Derken, bu iki türün arasına giren

Büyük Korku'yu düşündüm ve görmüş olduğum o etin ne olabileceğinin açık seçik ayırdına vararak ürperiverdim. O kadar korkunçtu ki! Yanı başımda uyumakta olan küçük Weena'ya, yıldızlar altında bir yıldız gibi ışıyan beyaz yüzüne baktım ve bütün o düşünceleri kafamdan kovdum.

O gece boyunca Morlock'ları elden geldiğince kafamdan uzak tuttum ve göğün yeni karmaşası içinde eski takımyıldızların izlerini hayalimde canlandırmaya çalışarak oyalandım. Gökyüzü, birkaç silik bulut dışında, sürekli açıktı. Kuşkusuz arada sırada uyukladığım olmuştur. Sonra, gece nöbetim geçmek bilmezken, doğuda, harsız bir ateşin yansımasını andıran bir solukluk belirdi gökyüzünde ve süzgün, yorgun argın ve beyaz eskiay yükseldi. Hemen ardından da, onu yakalayıp geçen alacakaranlık geldi; ilkin solukken giderek pembeleşip kızardı. Hiçbir Morlock yakınımıza gelmemişti. Aslında, o gece tepede tek bir Morlock görmemiştim. Ağaran günün verdiği güvenle, korkumun nerdeyse yersiz olduğu bile geçti aklımdan. Yerimden kalkınca, ayakkabımın gevşek ökçesi yüzünden bileğimin şiştiğini ve topuğumun altının acıdığını fark ettim; o yüzden yeniden oturdum, ayakkabılarımı çıkardım, fırlatıp attım.

Weena'yı uyandırdım ve birlikte aşağıya inip, artık kapkara ve korkutucu değil, yemyeşil ve çok güzel görünen ormana girdik. Orada bulduğumuz bazı meyvelerle kahvaltımızı yaptık. Çok geçmeden, sanki doğada gece diye bir şey yokmuşçasına günışığında gülüp dans eden sevimli yaratıklardan birkaçına rastladık. O sırada o görmüş olduğum et bir kez daha aklıma düştü. Artık o etin ne olduğundan kuşkum kalmamıştı; insanlığın büyük tufanından artakalan bu dereciğe tüm yüreğimle acıdım. Besbelli, insanlığın çürümesinden çok uzun bir zaman önce Morlock'ların yiyeceği tükenmişti. Olasıdır ki, sıçanlarla ve birtakım haşaratla beslenmişlerdi. İnsan şimdi bile yiyecekleri konusunda o zamanlardakinden çok daha az ayrım yapıyor – maymundan çok daha az. İnsanın insan etine karşı önyargısı köklü bir önyargı değil. İşte insanlığın insanlıktan çıkmış bu evlatları da!.. Konuya bilimsel bir yaklaşımla bakmaya çalışıyordum. Ne de olsa, üç dört bin yıl önceki yamyam atalarımız kadar insan olmadıkları gibi, insanlıktan çok daha fazla uzaklaşmışlardı. Ve gelinen bu noktayı bir eziyet olarak görecek akıl çoktan yitip gitmişti. Ben neden dert edeydim ki? Bu Eloi'lar, karınca gibi Morlock'ların besledikten sonra avlayıp yedikleri –olasıdır ki, üremeleriyle de ilgilendikleri– besili sığırlardan başka bir şey değildiler. Weena da yanı başımda dans ediyordu!

Ben de bunu insan bencilliğinin ağır bir biçimde cezalandırılması olarak kabul ederek, kendimi kapılmakta olduğum dehşetten korumaya çalıştım. İnsan, insan kardeşlerinin sırtından geçinerek rahat rahat yaşamanın ve safa sürmenin tadını çıkarmış, Gereksinim'i kendine şiar ve bahane edinmiş, zamanı gelince de o Gereksinim kendi başına dert olmuştu. Çürümekte olan bu acınası aristokrasiyi Carlyle'vari bir biçimde aşağılamayı bile geçirdim aklımdan.[36] Ama böyle düşünmek mümkün değildi. Eloi'lar, düşünsel bakımdan ne kadar yozlaşmış olurlarsa olsunlar, insan formuna o kadar yakın kalmışlardı ki onlara acımadan edemedim, ister istemez onların yozlaşmalarını ve Korku'larını paylaştığımı duyumsadım.

O sıra nasıl bir yol izleyeceğim konusunda çok belirsiz düşünceler dolaşıyordu kafamda. Her şeyden önce, sığınabileceğim güvenli bir yer edinmeyi ve kendime metalden ya da taştan silahlar yapmanın bir yolunu düşünüyordum. Bu ivedi bir gereksinimdi. Sonra, ateş yakmamı sağlayacak birtakım aletler bulabilirsem elimde meşale gibi bir silah olacaktı, çünkü Morlock'lara karşı meşaleden daha etkili bir silah olmayacağının farkındaydım. Bir de, Beyaz Sfenks'in altındaki tunç kapıları kırıp açmamı sağlayacak bir düzenek edinmeliydim. Bir koçbaşı yapmayı düşünüyordum. Bu kapılardan içeri girip elimdeki ışıkla önümü görebilirsem,

Zaman Makinesi'ni bulup kaçabileceğim kanısındaydım. Morlock'ların Zaman Makinesi'ni çok uzaklara götürebilecek kadar güçlü olduklarını hiç sanmıyordum. Weena'yı benimle birlikte bizim zamanımıza getirmeye karar vermiştim. İşte bütün bu planları kafamda evirip çevirerek, hayalimden bize barınak olabileceğini geçirdiğim yapıya doğru yola devam ettim."

XI. Yeşil Porselen Saray

"Öğlen civarı yakınına vardığımızda, Yeşil Porselen Saray'ın terk edilmiş ve harabeye dönmüş olduğunu gördüm. Pencerelerinde yalnızca cam tırtıkları kalmıştı, yeşil cephe kaplamasından koca koca levhalar yenime uğramış metal karkastan sarkmıştı. Yapı çimenlik bir bayırın tepesindeydi; içeri girmeden kuzeydoğuya baktığımda, bir zamanlar Wandsworth ya da Battersea[37] olduğunu sandığım yerde büyük bir ırmak ağzı, hatta koy görünce çok şaşırdım. O zaman, denizdeki canlıların başına neler gelmiş olabileceğini ya da gelmekte olduğunu merak ettim, ama bu merakın peşini kovalamadım.

İncelemem sonucunda Saray'ın gerçekten de porselenden olduğu ortaya çıktı; yapının önyüzünde bilinmedik bir harf türüyle yazılmış bir yazıt gördüm. Aklıma Weena'nın bu yazıtı açıklamakta bana yardımcı olabileceği geldi, ama aptallık etmişim; yazı diye bir şeyden haberi bile olmadığını öğrenmiş olmakla kaldım. Belki de çok insanca bir sevecenliği olduğu için bana hep göründüğünden daha insanmış gibi gelmişti.

Kapının kanatları –açık ve kırıktılar– arasından geçerek içeri girdiğimizde, alışılmış bir salon yerine pek çok yan camla aydınlanan uzun bir galeriyle karşılaştık. İlk bakışta bir müzeymiş gibi geldi bana. Karo zemin kalın bir toz tabakasıyla kaplıydı ve o gri tabakanın içinde bir yığın nesne duruyordu. Biraz sonra, salonun ortasında dikilen garip sıska şeyin dev bir iskeletin alt bölümünden başka bir şey olmadığını fark ettim. Paytak ayaklar, bunun Megatherium'a[38] benzer soyu tükenmiş bir yaratık olduğunu gösteriyordu. Kafatası ve üst kemikler iskeletin alt bölümünün yanında kalın toz tabakasının içinde kalmış; yaratığın kendisi çatıdaki çatlaktan yağmur sularının damladığı bir yerde örselenip dökülmüştü. Galerinin biraz daha ilerisinde bir Brontosaurus'un[39] dev iskeleti duruyordu. Burasının bir müze olduğu tahminimde yanılmamıştım. Yan tarafa yaklaşınca eğik raflarla karşılaştım, üstlerindeki kalın toz tabakasını kaldırınca günümüzün o bildiğimiz vitrinlerini gördüm. Ama içlerindekilerin iyi korunmuş olduğuna bakılırsa, hava sızdırmaz olsalar gerekti.

Açıkçası, günümüz Güney Kensington'ının yıkıntıları arasındaydık![40] Burası, anlaşıldığı kadarıyla, olağanüstü fosillerin sergilenmiş olduğu Paleontoloji Bölümü'ydü; gel gör ki, kaçınılmaz bozunma süreci bir süreliğine geçiştirilmiş ve bakterilerle küflerin yeryüzünden silinmesiyle gücünün yüzde doksan dokuzunu yitirmiş olsa da, bütün o hazineleri son derece yavaş ama o ölçüde de şaşmaz bir biçimde yeniden etkilemeye başlamıştı. Sağda solda küçük insanlardan izler buldum; paramparça edilmiş ya da iplere dizilip kamışlara asılmış ender rastlanır fosillerdi bunlar. Vitrinlerden bazıları olduğu gibi alınıp götürülmüştü – Morlock'lar götürmüş olmalı diye düşündüm. Ortalık çok sessizdi. Kalın toz tabakasında ayak seslerimiz duyulmuyordu. Bir vitrinin eğik camından aşağı bir denizkestanesi kabuğu yuvarlamakta olan Weena, ben etrafa bakınırken hemen geldi, usulca elimi tutup yanımda durdu.

Aydınlık bir çağın bu antik anıtı karşısında ilk başta o kadar şaşırmıştım ki, sunduğu olanaklara kafamı veremedim. Zaman Makinesi'yle ilgili kaygılarım bile nerdeyse aklımdan çıktı.

Büyüklüğüne bakılırsa bu Yeşil Porselen Saray'ın içinde bir Paleontoloji Galerisi'nden çok daha fazlası vardı; olasılıkla tarih galerileri, hatta belki bir kütüphane! Bunlar, en azından içinde bulunduğum durumda, benim için çürüyüp giden bu eski zaman jeolojisi temaşasından çok daha ilginç olabilirdi. Dolaşırken, birinci galerinin çaprazında kısa bir galeriye daha rastladım. Burasının minerallere ayrılmış olduğu anlaşılıyordu; büyük bir kükürt parçası görünce aklıma barut geldi. Ama güherçile bulmam olanaksızdı; aslında nitratın hiçbir türünü de bulamazdım ki. Hiç kuşku yok ki yüzyıllar önce erimiş, yok olmuşlardı. Ne var ki kükürt kafama takıldı ve bir sürü düşünce geçti aklımdan. O galeride bulunan öteki şeylere gelince, gerçi tüm gördüklerim arasında en iyi korunmuş olanlar onlardı, ama doğrusu onlarla pek ilgilenmedim. Madenbilim uzmanı değilim ben; girdiğim ilk salona paralel uzanan yıkık dökük bir koridordan yoluma devam ettim. Göründüğü kadarıyla, bu bölüm doğa tarihine ayrılmıştı, ama belli ki her şey çoktandır tanınmaz haldeydi. Bir zamanların içi doldurulmuş hayvanlarının buruş buruş olmuş ve kapkara kesilmiş kalıntıları, vaktiyle içinde alkol bulunan kavanozlardaki kurutulmuş mumyalar, kuruyup gitmiş bitkilerden artakalmış kahverengi bir toz: Hepsi bu! Buna çok üzülmüştüm, oysa hayvan doğasının bulgulanmasını sağlamış olan bu kılı kırk yaran yeniden düzenlemeleri izleyebilmek ne kadar iyi olurdu. Daha sonra dev boyutlarda, ama son derece kötü aydınlanan bir galeriye geldik, zemini benim girdiğim uçtan aşağıya doğru hafif eğimliydi. Tavana aralıklı olarak beyaz karpuzlar asılmıştı –pek çoğu çatlamış ve kırılmıştı– bu da burasının aslında yapay olarak aydınlatılmış olduğunu düşündürüyordu. Burada kendimi daha rahat hissediyordum, çünkü iki yanımda büyük makinelerin koskocaman gövdeleri yükseliyordu, hepsi büyük ölçüde paslanmış, pek çoğu da kırılmıştı, ama bazıları hâlâ sağlam sayılırdı. Bilirsiniz, makinelere düşkünümdür, o yüzden makinelerin arasında dolanmadan edemedim: Çoğu birer bulmaca gibi ilgimi çekmişti, ama ne işe yaradıkları konusunda ancak belirsiz tahminlerde bulunabiliyordum. Eğer bu makinelerin gizini çözebilirsem Morlock'lara karşı işe yarayabilecek bir güç edinebilirim diye geçiriyordum aklımdan.

Weena birden yanı başımda bitti. O kadar ani olmuştu ki irkilivermiştim. Weena olmasaydı galerinin zemininin eğimli olduğunu hiç fark etmezdim herhalde. Galerinin girdiğim ucu yerden epeyce yüksekteydi ve yarığa benzer birkaç pencereden ışık alıyordu. Aşağıya doğru ilerlenirken zemin bu pencerelerle karşı karşıya geliyor, sonunda her pencerenin önünde Londra evlerinin "bodrum girişi"ne benzer bir çukur oluşturuyor, tepeden ise yalnızca ince bir günışığı vuruyordu. Makinelerin sırrını çözmeye çalışarak ağır ağır ilerliyordum, kafamı makinelere o kadar vermiştim ki ışığın giderek azaldığını fark edememiştim, ta ki Weena'nın gittikçe artan huysuzlanmalarıyla kendime gelinceye kadar. O zaman, aşağıya doğru uzanan galerinin sonunda koyu bir karanlığa vardığını gördüm. Bir an duraksadıktan sonra çevreme bakınca kalın toz tabakasının inceldiğini, yüzeyinin de o kadar düzgün olmadığını fark ettim. Biraz ileride, yarıkaranlıkta küçük dar ayak izleri seçiliyordu. Birden Morlock'ların orada olabileceği duygusuna kapıldım yeniden. Makineler üstüne kitabi irdelemelerle zamanımı boşa harcadığımı düşündüm. Vaktin öğleden sonrayı çoktan geçtiğini ve hâlâ silahtan da, sığınaktan da, ateş yakacak bir aletten de yoksun olduğumu anımsadım. Biraz sonra da, galerinin ötedeki karanlığından garip tekdüze bir patırtı ve kuyunun dibinde duymuş olduğum o tuhaf gürültüleri işittim.

Weena'nın elini yakaladım. Sonra birden aklıma bir fikir geldi ve Weena'nın elini bırakarak, yanından makasçı kulübelerindekilere benzeyen bir kolun çıktığı bir makineye seyirttim. Makinenin ayaklığına çıkıp kolu iki elimle tuttum, yana doğru var gücümle bastırdım. Birden, orta koridorda bir başına kalmış olan Weena'nın sızlanmaya başladığını duydum. Kolun gücünü doğru tahmin etmiştim, biraz zorladıktan sonra çat diye kopuverdi, ben de elimde karşıma çıkabilecek her Morlock'un beynini dağıtmaya fazlasıyla yetebileceğini sandığım bir sopayla Weena'nın yanına döndüm. Birkaç Morlock öldürmek için yanıp tutuşuyordum. İnsanın kendi soyundan gelenleri öldürmek istemesini hiç de insani bulmayabilirsiniz! Ne ki, belki size tuhaf gelebilir, ama bu yaratıklara karşı insani duygular beslemek olanaksızdı. Galeriden aşağıya yürüyüp seslerini işittiğim o hayvanları öldürmemi engelleyen, yalnızca Weena'yı bir başına bırakmak istememem ve cinayete susamışlığımı gidermeye kalkarsam Zaman Makinemin zarar görebileceğini düşünmemdi.

Evet, bir elimde sopa, öbür elimde Weena, bulunduğumuz galeriden çıktım, daha geniş bir başka galeriye girdim; yırtık pırtık bayrakların asılı olduğu bu galeri ilk bakışta bana bir ordu şapelini anımsattı. Ama galerinin iki yanından sarkan kapkara olmuş yanık paçavraların çürümeye terk edilmiş kitap kalıntıları olduğunu fark etmekte gecikmedim. Çoktandır un ufak olmuşlardı, harflerin yerinde yeller esiyordu. Ama sağda solda göze çarpan yassılmış tahtalar ve çatlamış madeni kıskaçlar olup biteni gözler önüne seriyordu. Bir edebiyatçı olsaydım, belki de hırsın her türlüsünün ne kadar boş olduğu konusunda bir ahlak nutku çekebilirdim. Ama bu durumda bana en çarpıcı gelen, bu içler acısı çürümüş kâğıt yığını karşısında ne kadar muazzam bir emeğin harcanmış olduğunu görmek oldu. O sırada en çok da *Philosophical Transactions*'ı[41] ve benim fiziksel optik[42] üstüne kaleme almış olduğum on yedi bildirimi düşünmeden edemediğimi itiraf etmeliyim.

Sonra, geniş bir merdivenden çıkarak, bir zamanlar teknik kimya galerisi olabilecek bir yere geldik. Orada işe yarar bir şeyler bulabileceğim konusunda epeyce umutluydum.

Bir uçtaki tavanın çökmüş olmasını saymazsak, galeri iyi korunmuştu. Kendimi tutamayıp, kırılmamış kutuların her birini yokladım. Ve en sonunda gerçekten hava geçirmez kutulardan birinde bir kutu kibrit buldum. Çabucak yakmayı denedim. Çok iyi durumdaydılar. Nemlenmemişlerdi bile. Weena'ya döndüm. 'Dans et,' diye bağırdım onun dilinde. Çünkü artık korktuğumuz o tiksinç yaratıklara karşı kullanabileceğimiz bir silahımız vardı. Böylece, o ıssız müzede, kalın ve yumuşak toz tabakasının üstünde, Weena'nın sevinç gösterileri arasında, *The Land of the Leal*'i[43] ıslıkla şen şakrak çalarak bir ayin yaparcasına karma bir dansa başladım. Biraz iffetli bir kankan, biraz step, biraz etek dansı (kuyruklu ceketim elverdiği ölçüde), biraz da doğaçtan.[44] Çünkü bilirsiniz, doğuştan yaratıcı bir adamımdır bendeniz.

Efendim, şimdi düşünüyorum da, o kutudaki kibritlerin onca yıl boyunca bozulmamış olması çok tuhaf olmakla birlikte benim için çok talihli bir olaydı. Gelgelelim, işin garip yanı, çok daha umulmadık bir madde daha buldum: Kâfurdu bu.[45] Sanırım şans eseri hava geçirmeyecek biçimde sımsıkı kapatılmış bir kavanozun içindeydi. İlk başta parafin mumu olduğunu sandığım için camı kırdım. Ama kâfurun kokusu aşikârdı. Bu uçucu madde, her şeyin çürüdüğü bu ortamda, belki de binlerce yüzyıl boyunca varlığını koruyabilmişti. Bana, yıllar önce gördüğüm, milyonlarca yıl önce telef olmuş ve fosilleşmiş olması gereken bir belemnitin[46] mürekkebinden yapılmış bir sepya[47] resmi hatırlattı. Tam fırlatıp atıyordum ki, kolay tutuştuğunu ve parlak bir alev verdiğini –aslında mükemmel bir mum olduğunu– anımsayarak cebime attım. Ama ne bir patlayıcı bulabilmiştim, ne de tunç kapıları kırmama yarayacak bir araç. O ana kadar bulabildiğim en yararlı şey elimdeki demir koldu. Yine de, o galeriden çok hoşnut ayrıldım.

O bitmek bilmeyen öğleden sonra olup biten her şeyi anlatmam olanaksız. Neler keşfettiğimi sırasıyla anımsayabilmem için belleğimi sonuna kadar zorlamam gerekir. Pas tutmuş dayanaklardaki silahların bulunduğu uzun galeriyi ve elimdeki demir kol ile bir savaş baltası ya da bir kılıç arasında nasıl duraksadığımı anımsıyorum. Ne var ki, hem hepsini birden taşıyamazdım, hem de demir çubuğum tunç kapılara karşı daha etkili olacak gibi görünüyordu. Bir sürü silah, piştov ve tüfek vardı. Gerçi büyük bölümü pas yığınına dönüşmüştü, ama birçoğu da yeni metaldendi ve hâlâ sağlam sayılırdı. Fakat vaktiyle orada olduğunu sandığım fişekler ve barut çürüyüp toz haline gelmişti. Köşelerden birinin, belki de oradaki örnekler arasında meydana gelen bir patlama sonucunda kömürleşmiş ve un ufak olmuş olduğunu gördüm. Bir başka yerde de envaiçeşit tapıncak sıralanıp gidiyordu – Polinezya'dan, Meksika'dan, Yunan'dan, Fenike'den, sözün kısası dünyanın bütün ülkelerinden. İşte orada, karşı durulmaz bir dürtüye yenik düşerek, özellikle hayran kaldığım Güney Amerika'dan gelmiş sabuntaşından bir canavarın burnuna adımı yazmadan edemedim.

Akşam olurken ilgimi yitirdim. Birinden öbürüne geçtiğim galeriler toz toprak içinde, sessiz ve çoğun yıkık döküktü; sergilenen şeylerin bazıları toz ve kömür yığınına dönüşmüştü, bazıları ise daha yeniydi. O sırada kendimi birden bir kalay madeni maketinin yanında buldum ve tamamen bir rastlantı sonucu hava geçirmez bir kutunun içinde iki dinamit lokumu gördüm! 'Evreka' diye bağırdım ve büyük bir sevinç içinde kutuyu kırdım. Sonra bir kuşkuya kapıldım. Duraksadım. Sonra da küçük bir yan galeriye girerek denedim. Dakikalarca bekleyip de hiçbir patlama olmayınca ömrümde yaşamadığım bir düşkırıklığı yaşadım. Dinamit lokumları elbette sahteydi, görünüşlerinden kestirmiş olmam gerekirdi. Eğer sahte olmasalardı, hiç kuşkum yok, kendimi tutamaz, fırlayıp gider, Sfenks ve bronz kapılarla birlikte (sonradan anlaşılacağı gibi) Zaman Makinesi'ni bulma şansımı da havaya uçururdum, hepsi birden yok olur giderdi.

Yanılmıyorsam oradan çıkıp sarayın içinde üstü açık, küçük bir avluya geldik. Yerler çimdi ve üç meyve ağacı vardı. Oraya oturup dinlendik ve karnımızı doyurduk. Günbatımına doğru durumumuzu gözden geçirmeye başladım. Gece ağır ağır iniyordu ve hâlâ kimsenin erişemeyeceği gizlenecek bir yer bulmuş değildim. Ama bunu artık o kadar dert etmiyordum. Belki de Morlock'lara karşı kendimizi en iyi savunabileceğimiz şeye sahiptim – kibritlerim vardı! Ayrıca bir ateş gerekse kâfur da cebimdeydi. Yapabileceğimiz en iyi şey, galiba geceyi bir ateş yakıp açıkta geçirmekti. Sabah olunca Zaman Makinesi'ni ele geçirmek için işe koyulurdum. Bu iş için şimdilik yalnızca demir çubuğum vardı elimde. Ama artık daha çok şey biliyordum ya, tunç kapılar konusunda çok farklı düşünüyordum. O ana kadar, arkalarında ne olduğunu hiç bilmediğim için kapıları zorlamaktan kaçınmıştım. Oysa bana hiç de sağlam gelmemişlerdi, demir çubuğumun bu işi göreceğini umuyordum."

XII. Karanlıkta

"Güneş ufukta hâlâ az çok görünürken Saray'dan çıktık. Ertesi sabahın ilk saatlerinde Beyaz Sfenks'e varmaya kararlıydım, geçen gelişimde yolumu kesmiş olan ormana hava kararmadan girmiş olmayı hedefliyordum. Planım, o gece olabildiğince yol almak, sonra da alevleriyle beni koruyacak bir ateş yakıp uyumaktı. O yüzden, yolumuzun üzerinde gördüğüm dal parçalarıyla kuru otları topladım, çok geçmeden kucağım çalı çırpıyla dolmuştu. Onca yükle umduğumdan daha yavaş ilerliyorduk, üstelik Weena yorulmuştu. Kaldı ki, benim de uyku gözümden akıyordu; o yüzden, ormana vardığımızda gece bastırmıştı bile. Weena, karşımıza dikilen karanlıktan ürkerek ormanın kıyısındaki çalılık tepede duraladı; ama tehlikenin yaklaştığını her nasılsa sezmem benim için gerçekten bir uyarı oldu ve yola devam ettim. Bir gece, iki gündür gözüme uyku girmemişti; ateş gibi yanıyordum ve tedirgindim. Uykunun, uykuyla birlikte Morlock'ların da bastırdığını hissediyordum.

Duraladığımızda, ardımızdaki kara çalıların arasında çömelmiş üç karaltı gördüm, çalıların karanlığında belirli belirsizdiler. Bodur çalılar ve uzun çimenlerle çevrili olduğumuz için, Morlock'ların sinsice yaklaşmaları karşısında güvende olmadığımın farkındaydım. Ormanın bir buçuk kilometreden daha kısa olduğunu tahmin ediyordum. Ormandan geçip çıplak yamaca varabilirsek orada çok daha güvenlikli bir dinlenme yeri bulabilirmişiz gibi geliyordu: Ormandan geçerken kibritlerim ve kâfurum sayesinde yolumu aydınlatabileceğimi düşünüyordum. Gelgelelim, kibritleri ellerimle yakıp savuracağıma göre, besbelli kucağımdaki çalı çırpıdan kurtulmam gerekiyordu; o yüzden, ister istemez onları yere bıraktım. Sonra birden, onları tutuşturarak arkamızdaki dostlarımızı şaşırtabileceğimi düşündüm. Sonradan bunun ne kadar feci bir kafasızlık olduğunu anlayacaktım, ama o sırada bana kaçışımızı gizlemek için dâhiyane bir hamle gibi gelmişti.

Bilmem, insanın olmadığı bir yer ve ılıman bir iklimde alevin ne kadar az rastlanır bir şey olduğunu hiç düşündünüz mü? Güneş ısısının, daha tropik bölgelerde rastlandığı gibi çiy damlalarınca odaklandırıldığı zaman bile, yakacak kadar güçlü olduğu pek ender olarak görülmüştür. Yıldırım yakıp kavurabilir, ama büyük bir yangına yol açtığı pek enderdir. Çürüyen bitkiler mayalanmanın etkisiyle arada sırada için için yanabilir, ama bu pek ender olarak alevlenmeye yol açar. Bu çürümüş dünyada da ateş yakma sanatı unutulmuştu. Benim çalı çırpı yığınımı yalayıp yutan kızıl alevler Weena için yepyeni ve tuhaf bir şeydi.

Ateşe doğru koşup onunla oynamak istedi. Bana kalırsa, onu engellemeseydim kendini ateşin içine atacaktı. Ama onu tuttuğum gibi, karşı koymasına karşın var gücümle karşımdaki ağaçların arasına fırlattım. Yaktığım ateşimin parıltısı yolu azıcık aydınlatıyordu. Hemen dönüp arkama bakınca, sık ağaç gövdelerinin arasından, çalı çırpı yığınından yükselen alevlerin yakındaki çalılara sıçramış olduğunu, bir ateş çemberinin tepedeki çimenlere yavaş yavaş yaklaştığını gördüm. Güldüm ve yeniden önümdeki karanlık ağaçlara döndüm. Kapkaranlıktı; Weena titreyerek bana sarıldı, ama gözlerim karanlığa alıştıkça ağaç gövdelerine çarpmamam için hâlâ yeterince ışık olduğunu gördüm. Tepemiz kapkaranlıktı, yalnızca bir boşluktan mavi göğün ışığı sağımıza solumuza vuruyordu. Ellerim dolu olduğu için kibrit yakamıyordum. Sol kolumda küçük Weena'mı taşıyordum, sağ elimde ise demir çubuğum vardı.

Yol boyunca daha bir süre dalların ayaklarımın altında çatırdayışından, rüzgârın tepemde usul usul esişinden, kendi nefesimden ve damarlarımın kulaklarımda zonklayışından başka bir şey duymadım. Sonra çevremde bir patırtı duyar gibi oldum. Aldırmadan yürüdüm. Patırtı daha da yakınlaştı, derken yeraltıdünyasında duymuş olduğum o garip sesler geldi kulağıma. Besbelli Morlock'lardı bunlar ve dört bir yandan yaklaşıyorlardı. Nitekim az sonra ceketimin çekildiğini, ardından da koluma dokunulduğunu fark ettim. Weena tir tir titredi ve dondu kaldı.

Kibrit yakmanın vakti gelmişti. Ama kibriti alabilmem için Weena'yı yere bırakmak zorundaydım. Onu tam yere bırakmıştım ve cebimde kibriti arıyordum ki, dizlerimin oralarda karanlıkta bir didişme olduğunu fark ettim, Weena'nın sesi çıkmıyordu, Morlock'lardan ise kuğuruyorlarmış gibi o garip sesler geliyordu. Yumuşak minik eller de ceketimde, sırtımda geziniyor, boynuma bile dokunuyordu. Kibriti çaktım, cıs diye tutuştu. Yanan kibriti kaldırıp baktım ve ağaçların arasına kaçışan Morlock'ların beyaz sırtlarını gördüm. Cebimden çabucak bir topak kâfur çıkardım, kibrit söner sönmez onu yakacaktım. Sonra Weena'ya baktım. Ayaklarımı yakalamış, yerde yüzüstü kımıltısız yatıyordu. Birden korkuya kapılarak üstüne eğildim. Güçlükle nefes alır gibiydi. Kâfuru yakıp yere attım, parçalanıp tutuşan kâfur Morlock'ları ve karaltıları kaçırtırken diz çöküp Weena'yı kaldırdım. Arkadaki ormanda, kımıl kımıl bir yığın yaratık hırıldayarak kol geziyordu sanki!

Weena bayılmış gibiydi. Onu omzuma yaslayıp yola koyulmak üzere tam ayağa kalkmıştım ki, korkunç bir durumun farkına vardım. Kibritlerim ve Weena'yla birlikte manevra yapmaya çalışırken olduğum yerde birkaç defa döndüğümden, artık ne tarafa gitmem gerektiğini hiç bilemiyordum. Tek bildiğim, yüzümü Yeşil Porselen Saray'a dönmüş olabileceğimdi. Soğuk terler döküyordum. Bir an önce bir çözüm bulmalıydım. Hemen oracıkta ateş yakıp kamp kurmaya karar verdim. Hâlâ baygın olan Weena'yı ıslak çimenlerin üstüne bıraktım, ilk kâfurum sönmek üzereyken alelacele çalı çırpı ve yaprak toplamaya başladım. Çevremi saran karanlığın sağında solunda Morlock'ların gözleri kıpkızıl ışıldıyordu.

Kâfur titrek bir alev verdikten sonra söndü. Bir kibrit çaktım, Weena'ya yaklaşmakta olan iki beyaz gövde kibrit yanar yanmaz hızla geri çekildi. Biri ışıktan gözünü alamayıp dosdoğru üstüme geldi; yumruğumu indirdiğimde kemiklerinin yassıldığını hissettim. Dehşete kapılarak bir çığlık attı, yalpalayarak biraz gidip yere yıkıldı. Bir kâfur daha yaktım ve ateş için yeniden çalı çırpı toplamaya koyuldum. Çok geçmeden, tepemdeki yapraklardan bazılarının ne kadar kuru olduğunu fark ettim; Zaman Makinesi'yle geleli nerdeyse bir hafta olmuş ve hiç yağmur yağmamıştı. O nedenle, yere düşmüş dallar bulmak için ağaçlar arasında dolanmayı bıraktım, zıplayarak dalları aşağı çekmeye başladım. Biraz sonra yaş ve kuru dallardan, ortalığı dumana boğan bir ateş yakmıştım, artık kâfurumu daha idareli kullanabilirdim. Sonra demir çubuğumun yanında yatan Weena'ya döndüm.

Kendine gelsin diye elimden geleni yaptım, ama ölü gibi yatıyordu. Nefes alıp almadığını bile anlayamıyordum.

Ateşin dumanı bana vurmaya başlamıştı, sanki birden gözkapaklarım ağırlaşmıştı. Dahası kâfurun buğusu ortalığı sarmıştı. Yaktığım ateş en az bir saat daha idare ederdi. Onca uğraştan sonra o kadar yorgun düşmüştüm ki oturdum kaldım. Ormandan da ne olduğunu anlayamadığım sersemletici bir uğultu geliyordu. Başım düşer gibi oldu ve gözlerimi açtım. Ne ki, ortalık karanlıktı ve Morlock'ların elleri üstümdeydi. Yapışkan parmaklarını itip kurtularak kibrit kutusunu çıkarmak için hemen elimi cebime attım – yoktu! Derken, Morlock'lar yeniden üstüme gelip bana sımsıkı yapıştılar. O anda ne olduğunu anladım. Uyuyakalmıştım ve yaktığım ateş sönmüştü, ruhuma ölümün karanlığı çöktü. Orman sanki yanık ağaç kokusundan geçilmiyordu. Boynumdan, saçımdan, kollarımdan yakalanmış, aşağıya çekiliyordum. Karanlıkta bütün o yumuşak yaratıkların üstüme çöktüklerini duyumsamanın korkunçluğu tarif edilmezdi. Kendimi dev bir örümcek ağına yakalanmış gibi hissediyordum. Pes ettim ve yere yığıldım. Küçük dişlerin boynuma geçtiğini duyumsuyordum. Yerde yuvarlanırken elime demir çubuğum geldi. Bu yüreklendirdi beni. O insan sıçanları üstümden silkeleyerek güçlükle doğruldum ve çubuğu ortasından tutarak göz kararı yüzlerine doğru savurmaya başladım. Etler ve kemiklerin darbelerim altında etrafa saçıldığını hissettim ve bir an serbest kaldım.

Tuhaf ama, dövüşürken insana sık sık olur ya, cuşa gelmiştim. Benim de, Weena'nın da işimizin bittiğinin farkındaydım, ama Morlock'lara bunu pahalıya ödetmeye kararlıydım. Sırtımı bir ağaca verdim, demir çubuğu sağa sola savurmaya başladım. Orman onların kımıltıları ve çığlıklarından geçilmiyordu. Bir dakika geçti. Sanki çığlıkları daha da tizleşmiş, hareketleri daha da hızlanmıştı. Yine de hiçbiri erişebileceğim kadar yakınıma gelmiyordu. Öylece karanlığa bakıyordum. Sonra birden umutlandım. Morlock'lar korkmuşlardı belki de! Derken tuhaf bir şey oldu. Karanlık aydınlığa döner gibiydi. Morlock'ları çevremde belli belirsiz görmeye başladım –üçü perişan bir halde ayaklarımın dibindeydi– sonra öbürlerinin sel gibi akarak kaçtıklarını görünce apışıp kaldım, ardımdan geçip karşımdaki ormanın içine doğru koşturuyorlardı. Sırtları artık beyazlıktan çıkmış, kızıla çalıyordu. Şaşkınlık içinde bakarken, dalların arasından yıldızların aydınlattığı bir boşluktan küçük kızıl bir kıvılcımın akıp gözden kaybolduğunu gördüm. İşte o zaman yanık ağaç kokusunun, artık korkunç bir kükremeye dönen o sersemletici uğultunun, kızıl parıltının ve Morlock'ların kaçışmasının nedenini anlayıverdim.

Ağacın arkasından çıkıp arkama bakınca, daha yakındaki ağaçların kara gövdeleri arasından, yanan ormanın alevlerini gördüm. Yaktığım ilk ateş ardıma düşmüştü. Weena'ya bakındım, ortalıkta görünmüyordu. Ardımdan gelen hışırtı ve çıtırtılar, alevlerin çatırdattığı ağaçların gümbürtüleri düşünmeye fırsat vermiyordu. Demir çubuğumu elimden bırakmadan, Morlock'ların ardından gittim. Alevlerin soluğunu ensemde hissediyordum. Koşarken bir ara sağımdan o kadar hızlı geldiler ki, sol yana kaçmak zorunda kaldım. Ama sonunda küçük bir açıklığa çıktım; tam o sırada Morlock'lardan biri ağır aksak bana doğru geldi, yanımdan geçip kendini doğruca alevlerin arasına attı!

Şimdi de, o gelecek çağda tüm karşılaştıklarımın en acayip ve en korkuncunu görecektim. Her yer alevlerin yansımasıyla apaydınlık olmuştu. Orta yerde, üstünde kavrulmuş bir akdiken bulunan bir tepecik ya da höyük vardı. Onun ötesinde de ormanın başka bir bölümü yanıyordu, kıvrıla kıvrıla yükselen sapsarı alevler oraları daha şimdiden bir ateş çemberiyle kuşatmıştı bile. Yamaçta, ışık ve sıcaktan serseme dönmüş otuz kırk Morlock şaşkınlık içinde birbirlerine çarpıp tökezleniyordu. İlkin gözlerinin görmediğini fark etmedim, bana yaklaşırlarken korkudan kendimi kaybederek elimdeki çubukla onlara öfkeyle vurdum, birini öldürdüm, pek çoğunu da kötürüm ettim. Ama göğün kızıllığında akdikenin altında el yordamıyla ilerlemeye çalışan birinin el kol hareketlerini izleyip iniltilerini duyduğum zaman, hiçbir şey göremediklerinden en küçük bir kuşkum kalmadı ve vurmaktan vazgeçtim.

Yine de arada sırada içlerinden birinin üstüme yürüyerek yüreğime korku saldığı oluyor, ben de çabucak sıyrılıp kurtuluyordum. Bir aralık alevler azalır gibi olunca, iğrenç yaratıkların beni görebileceğinden korktum. Buna fırsat vermeden karşılarına dikilip birkaçını öldürmek bile geçti aklımdan; neyse ki, alevler yeniden harlandı da buna gerek kalmadı. Tepenin oralarda Weena'nın izine rastlarım umuduyla Morlock'lardan uzak durarak dolaştım durdum. Ama Weena gitmişti.

En sonunda o tepeciğin başına oturdum ve akıllara durgunluk veren bu kör yaratıklar sürüsünün alevlerin parıltısı üstlerine vururken hiç de hayra alamet olmayan sesler çıkararak el yordamıyla sağa sola koşuşmalarını seyretmeye başladım. Duman sarmalları hızla göğe ağıyor, o kızıl örtünün yırtıkları arasından, sanki bir başka evrene aitmişlercesine uzaklarda minik yıldızlar ışıldıyordu. Sarsak sursak üstüme gelen birkaç Morlock'u tir tir titreyerek de olsa birkaç yumruk sallayarak savuşturdum.

O gece uzun bir süre bunun bir karabasan olduğuna inandırmıştım kendimi. Kolumu ısırdım ve şiddetli bir uyanma arzusuyla haykırdım. Ellerimi yerlere vurdum, kalktım, yeniden oturdum, kalkıp ortalıkta dolaştım durdum, sonra yeniden oturdum. Derken gözlerimi ovuşturmaya ve beni uyandırması için Tanrı'ya yalvarmaya başladım. Üç kez Morlock'ların başlarını acıyla öne eğerek alevlerin arasına daldıklarını gördüm. Ama en sonunda, alevlerin hafifleyen kızıllığının, akıp giden siyah duman yığınlarının, bir ağarıp bir kararan çotukların ve sayıları giderek azalan belli belirsiz yaratıkların üstüne günün beyaz ışığı vurdu.

Bir kez daha Weena'dan bir iz aradımsa da hiçbir ize rastlayamadım. Belli ki onun zavallı küçük bedenini ormanda bırakmışlardı. Kendisini bekleyen o korkunç sondan kurtulmuş olduğunu düşünmek gönlümü nasıl ferahlattı anlatamam. Bunu düşünürken, etrafımdaki o sefil uyuzları kırıp geçirmemek için kendimi zor tuttum. Dediğim gibi, tepecik ormanda bir ada gibiydi. Şimdi oradan bakınca dumanların arasından Yeşil Porselen Saray'ı belli belirsiz de olsa görebiliyordum; böylece Beyaz Sfenks'e giden yolu çıkarabildim. Ve böylece, o lanet olası yaratıklardan artakalanlar oraya buraya koşturup inleyedursunlar, gün gittikçe aydınlanırken, ayaklarımı otlara sardım, dumanı tüten küllerin üstünde ve hâlâ için için yanan kapkara ağaç gövdelerinin arasında Zaman Makinesi'nin gizlendiği yere doğru aksaya topallaya ilerledim. Hem aksadığım, hem de bitkin düştüğüm için yavaş yürüyordum; küçük Weena'nın korkunç ölümü beni mahvetmişti. Kahredici bir felaketti benim için. Şimdi bu eski bildik odada bana gerçek bir kayıptan çok düşte kalmış bir acı gibi geliyor. Ama o sabah yeniden yapayalnız, korkunç yalnız kalmıştım. Şu evim, şu ocak başı, bazılarınız geçti aklımdan ve bir özlem çöktü yüreğime.

Ama parlak sabah göğünün altında dumanlar tüten küllerin üstünde yürürken bir şey keşfettim. Pantolonumun cebinde hâlâ birkaç kibrit kalmıştı. Kaybolmadan önce kibrit kutusundan dökülmüş olmalıydılar."

XIII. Beyaz Sfenks'teki Tuzak

"Sabah sekiz dokuz sularında, oraya vardığım akşam oturup dünyayı seyrettiğim sarı metal koltuğun bulunduğu yere geldim. O akşam çabucak vardığım sonuçları düşündüğümde özgüvenime acı acı gülmekten kendimi alamadım.

İşte o aynı güzel görünüm, o aynı gümrah yeşillikler, o aynı görkemli saraylar ve muhteşem yıkıntılar, verimli kıyıları arasında akıp giden o aynı gümüşsü ırmak karşımdaydı. Şenlikli urbalarıyla o güzel insanlar ağaçlar arasında gezinip duruyorlardı. Bazıları tam da Weena'yı kurtardığım yerde suya giriyorlardı, bunu görünce birden yüreğime keskin bir acı saplandı. Yeraltıdünyasına inen yolların tepesindeki kubbeler o görünümde birer benek gibi duruyordu. Yukarıdünya insanlarının tüm o güzelliğinin neleri örttüğünü anlamıştım artık. Günleri çok güzel geçiyordu, çayırdaki sığırların günleri kadar güzel. Tıpkı sığırlar gibi düşman diye bir şeyden haberleri yoktu ve hiçbir gereksinim için hazırlıklı değildiler. Sonları da aynıydı.

İnsan zekâsı düşünün ne kadar kısa sürmüş olduğunu düşününce kederlendim. İnsanoğlu intihar etmişti. Kendine hedef olarak kararlılıkla rahatı ve kolayı, düstur olarak da güvenli ve istikrarlı dengeli bir toplumu seçmiş ve muradına ermişti – ama sonunda gele gele bu duruma gelmişti işte. Hayat ve mülkiyet bir zamanlar nerdeyse tam bir güvenliğe erişmiş olsa gerekti. Zenginlerin serveti ve rahatı, emekçilerin de hayatı ve işi güven altına alınmıştı. Bu kusursuz dünyada hiç kuşku yok ki işsizlik diye bir sorun olmadığı gibi çözülmemiş hiçbir toplumsal sorun da kalmamıştı. Ardından büyük bir huzur gelmişti.

Değişimin, tehlikenin ve güçlüklerin altından zihinsel çokyönlülükle kalkılması görmezden geldiğimiz bir doğa yasasıdır. Çevresiyle tam bir uyum sağlamış bir hayvan, kusursuz bir düzenektir. Alışkanlık ve içgüdü işe yaramaz hale gelmedikçe, doğa zekâya hiçbir zaman başvurmaz. Değişimin ve değişim gereksiniminin olmadığı yerde zekâ da olmaz. Ancak çok çeşitli gereksinimleri ve tehlikeleri gidermek zorunda kalan hayvanlar zekâdan yararlanırlar.

Diyeceğim, gördüğüm kadarıyla, yukarıdünyanın insanı o düşkün sevimliliğine sürüklenmiş, yeraltıdünyası da salt mekanik çalışmanın içinde bulmuştu kendini. Ama bu kusursuz durum, mekanik kusursuzluk için bile gerekli bir şeyden, mutlak istikrardan yoksundu. Anlaşılan, yeraltıdünyasının daha önce nasıl sağlandığını bilmediğim beslenmesi zamanla darmadağın olmuştu. Birkaç bin yıldır geçiştirilmiş olan Gereksinim Ana geri gelmiş ve işe aşağıdan başlamıştı. İstedikleri kadar kusursuz olsunlar yine de alışkanlıklar dışında biraz düşünceye gereksinim duyan makinelerle ilişkili olan yeraltıdünyası, daha başka insan nitelikleri kadar olmasa da ister istemez yukarıdünyadan daha girişken kalmıştı herhalde. Daha başka etleri bulamaz olunca da yeraltıdünyalılar eski alışkanlıkların o güne kadar yasakladığı şeye yönelmişlerdi. Şu anda, Sekiz Yüz İki Bin Yedi Yüz Bir yılının dünyasına son bir göz attığımda aklımdan geçenleri açıklıyorum sizlere. Ölümlü aklın bulabileceği en yanlış açıklamadır belki de. Ama olup biteni ben böyle gördüm, gördüğüm gibi de anlatıyorum size.

Geride kalan günlerin onca yorgunluğu, heyecanı ve korkusundan sonra, üstelik çok üzüntülü olmama karşın, o koltuk, dingin görünüm ve insanın içini ısıtan günışığı çok iyi geldi. Bitkin düşmüştüm ve gözümden uyku akıyordu, çok geçmeden kuramsal düşüncelerim yerini uyuklamaya bıraktı. Baktım olacak gibi değil, hiç direnmedim, çimenlere uzanıp cana can katan derin bir uykuya daldım.

Günbatımından hemen önce uyandım. Artık Morlock'ların beni gafil avlamasına karşı güvende sayılırdım, gerine gerine tepeden aşağı vurup Beyaz Sfenks'e doğru ilerledim. Bir elimde demir çubuğum vardı, öbür elimle de cebimdeki kibritlerle oynuyordum.

Tam o sırada hiç umulmadık bir şey oldu. Sfenksin kaidesine yaklaşıyordum ki, bir de baktım tunç kapılar açılmış. Yivleri içinde kaydırılmışlardı.

İster istemez birden durdum, gireyim mi girmeyeyim mi bilemedim.

İçeride küçük bir oda vardı, odanın köşesindeki bir yükseltinin üstünde Zaman Makinesi duruyordu. Küçük kumanda kolları cebimdeydi. Sizin anlayacağınız, ele geçirmek için kılı kırk yardığım onca hazırlıktan sonra Beyaz Sfenks hiç direnmeden teslim bayrağını çekmişti. Demir çubuğumu, kullanma fırsatı bulamadığım için nerdeyse hayıflanarak, fırlatıp attım.

Ana kapıya doğru ilerlerken birden aklıma bir şey geldi. Bir seferlik de olsa, Morlock'ların kafalarının nasıl çalıştığını kavradım. Gülmemek için kendimi zor tutarak, tunç kapıdan içeri girip Zaman Makinesi'ne eriştim. Özenle yağlanıp temizlenmiş olduğunu görünce çok şaşırdım. O ana kadar, kalın kafalı Morlock'ların Zaman Makinesi'nin ne işe yaradığını anlamak için bazı parçalarını sökmüş olabileceklerini bile düşünmüştüm.

Orada durmuş, yalnızca dokunmaktan bile keyif aldığım aygıtı incelerken, beklediğim şey oldu. Kapının tunç aynaları birden yukarı kaydı ve çat diye kapının kasasına çarptı. Karanlıkta kalmış, kapana kısılmıştım. Morlock'lar öyle sanısınlardı. Kıs kıs gülüyordum.

Bana doğru gelirlerken kıkır kıkır kıkırdadıklarını duyabiliyordum. Sakin sakin bir kibrit yakmaya çalıştım. Kumanda kollarını yerlerine taktım mı sırra kadem basacaktım. Ama küçük bir şeyi düşünememiştim. Kibritler, yalnızca kutunun kenarına sürtüldüğünde yanan o rezil kibritlerdendi.

Bütün soğukkanlılığımı birden nasıl yitirdiğimi tahmin edersiniz. Küçük canavarlar yanı başımdaydı. Biri dokunacak oldu. Elimdeki kumanda kollarını karanlığa doğru salladığım gibi, makinenin selesine tırmanmaya çalıştım. O sırada aniden bir el uzandı üstüme, ardından bir el daha. Bir yandan kumanda kollarını kaptırmamak için durmadan uzanan parmaklardan kurtulmaya çabalıyor, bir yandan da el yordamıyla kolların takılacağı yerleri bulmaya çalışıyordum. Kollardan birini az daha kaptırıyordum. Elimden kayıp gittiğini fark edince geri almak için karanlığa doğru bir kafa atmamla Morlock'un kafatasının çat ettiğini duymam bir oldu. Bu son boğuşma galiba ormandaki dövüşten daha zorluydu.

Neyse ki sonunda kumanda kolunu yerine taktım ve asıldım. Üstüme yapışan eller kayıp gitti. Çok geçmeden karanlık gözlerimin önünden çekildi. Kendimi daha önce anlattığım o boz ışık ve karmaşanın içinde buldum."

XIV. Daha İleri Bir Düşgörü

"Zaman yolculuğunun mide bulantısı ve sersemlemeye yol açtığından size söz etmiştim. Üstelik bu sefer seleye doğru düzgün yerleşememiştim, yanlamasına ve eğreti oturuyordum. Belirsiz bir süre, iki yana sallanan ve titreşen makineye nasıl gittiğime aldırmaksızın yapıştım, kadranlara yeniden göz atabildiğimde ise nereye vardığımı fark edince çok şaşırdım. Kadranlardan biri tek tek günleri, biri bin günleri, biri milyon günleri, biri de bin milyon günleri gösterir. Bu kez, kumanda kollarını geriye çekeceğime ileriye itmiştim; kendimi toparlayıp göstergelere bakınca binler ibresinin saatin saniye ibresi kadar hızlı döndüğünü gördüm – geleceğe.

Yoluma devam ederken, ortalık yavaş yavaş tuhaf bir değişime uğradı. Titreşen grilik daha da koyulaştı; derken –hâlâ olağanüstü bir hızla gitmeme karşın– genellikle daha yavaş seyreden gündüzle gecenin göz açıp kapayıncaya birbirini izlemesi geri geldi ve gittikçe daha belirgin bir hal aldı. Bu ilk başta beni çok şaşırttı. Geceyle gündüzün birbirini izlemesi de, güneşin gökyüzünden geçişi de gittikçe yavaşladı, ta ki yüzyıllarca sürünceye kadar. En sonunda yeryüzünün üzerine durağan bir alacakaranlık, yalnızca arada sırada bir kuyrukluyıldızın göz kamaştırıcı ışığı karanlık gökyüzüne vurduğunda aralanan bir alacakaranlık indi. Güneşin belirtisi olan ışık şeridi uzun süredir görünmüyordu, çünkü güneş batmaz olmuştu – yalnızca batıda bir yükselip bir iniyor ve gittikçe büyüyüp kızarıyordu. Aydan en küçük bir iz yoktu. Dolanımı gittikçe yavaşlayan yıldızlar yerini belli belirsiz süzülen ışık noktalarına bırakmıştı. En sonunda, ben durmadan biraz önce, iyice büyüyüp kızarmış olan güneş, donuk bir kızıl ısıyla parlayan, arada sırada da bir anlığına sönen uçsuz bucaksız bir kubbeye dönen ufkun üzerinde hiç kımıldamadan durdu. Bir ara kısa bir süre yeniden, daha da parlak ışıdı, ama soluk kızıl ısısına hızla geri döndü. Güneşin yükselip alçalmasının yavaşlamasından, gelgitlerin yarattığı sürtünmelerin[48] tamamlandığını anladım. Dünya bir yüzü güneşe dönük olarak durmuştu, bizim çağımızda ayın yüzünü dünyaya dönmesi gibi. Daha önce nasıl tepeüstü düştüğümü unutmadığım için, devinimimi çok temkinli bir biçimde tersine çevirmeye başladım. İbrelerin dönüp durması gittikçe yavaşladı ve sonunda bin günleri gösteren kadranın ibreleri kımıldamaz oldu, tek tek günleri gösteren kadran da daha bir belirginleşti. İbreleri iyiden iyiye yavaşladığında, ıssız bir kumsalın çizgileri belli belirsiz görünür oldu.

Çok yavaşça durdum, Zaman Makinesi'nin üstüne oturarak çevreyi seyre koyuldum. Gökyüzü maviliğini yitirmişti. Kuzeydoğu zifiri karanlığa gömülmüştü, soluk beyaz yıldızlar karanlıkta boyuna ışıldıyordu. Tepemin üzeri koyu bakır kırmızısına çalıyordu ve hiç yıldız yoktu; güneydoğuda ise, ufuğun böldüğü güneşin dev gövdesinin kıpkızıl ve kımıltısız dineldiği yerde gökyüzü daha parlak bir kızıla dönüyordu. Çevremdeki kayalar koyu kırmızıydı; ortalıkta ilk bakışta görebildiğim biricik yaşam belirtisi, kayaların güneydoğuya bakan yüzlerindeki her çıkıntıyı örten koyu yeşil bitkilerdi. Tıpkı orman yosunları ya da mağara likenleri[49] gibi yemyeşildiler, sürekli alacakaranlıkta yetişen benzeri bitkiler gibi.

Makine aşağı doğru inen bir kumsalda duruyordu. Deniz güneybatıya doğru alabildiğine uzanıyor, soluk göğün altında keskin parlak ufka varıyordu. Azıcık bir esinti bile olmadığı için ne bir dalga vardı, ne de bir çalkantı. Sonsuz denizin hâlâ kımıldadığını ve yaşadığını gösteren, yalnızca hafif hafif nefes alırcasına öylesine yükselip alçalan çırpıntılardı. Suların arada sırada çarptığı kıyıda, soluk göğün altında pembeye çalan kalın bir tuz katmanı oluşmuştu. Kafamda bir basınç vardı, çok hızlı soluduğumu fark ediyordum. Aklıma tek dağcılık deneyimim geldi ve havadaki oksijenin şimdikinden daha az olduğu sonucuna vardım.

Uzaktan, ıssız bayırın yukarısından acı bir çığlık geldi ve yan yatarak göğe doğru kanat çırpan, dev bir kelebeğe benzeyen bir şeyin daireler çizerek karşıdaki alçak tepelerin arasında gözden yittiğini gördüm. Sesi o denli kederliydi ki, irkilerek makinenin üstüne sağlamca oturdum. Etrafıma yeniden bakınca, çok yakınımda, kızılımsı bir kaya parçası sandığım şeyin yavaş yavaş bana doğru geldiğini gördüm. Derken, o şeyin aslında azman bir yengeçsi yaratık olduğunu fark ettim. Bir sürü bacağını ağır ağır ve duraksayarak hareket ettiren, iri kıskaçlarını bir o yana bir bu yana oynatan, arabacı kırbacına benzeyen uzun duyargalarını sağa sola döndürerek ortalığı yoklayan, metalsi göğsünün iki yanındaki saplı gözleriyle parıltılar saçarak size bakan, şu gördüğünüz masa kadar büyük bir yengeç düşünebiliyor musunuz? Sırtı buruş buruştu, çirkin kabartılarla ve yer yer yeşilimsi bir kabukla kaplıydı. İlerlerken çarpık çurpuk ağzındaki bir sürü dokunacın titreşerek etrafı yokladığını görebiliyordum.

Ansızın belirip bana doğru sürünen bu meymenetsiz yaratığa bakakalmışken, yanağımda sanki sinek konmuş gibi bir gıdıklanma hissettim. Elimle kovmaya çalıştıysam da hemen geri geldi, hemen ardından da kulağımda hissettim aynı şeyi. Bir şaplak attım ve elime ipliksi bir şey geldi. Sonra da hızla kayıp gitti elimden. Dehşetli bir iğrentiyle geriye döndüm ve tam arkamda duran başka bir azman yengecin duyargasını tutmuş olduğumu gördüm. Tekinsiz gözleri saplarının ucunda kıpırdanıp duruyordu, ağzı iştahla açılmıştı, yosunsu bir salgıyla sıvanmış iri biçimsiz kıskaçları üstüme geliyordu. Elimi kumanda koluna attığım gibi, kendimle bu canavarların arasına bir aylık bir zaman koydum. Ama hâlâ aynı kumsaldaydım ve durduğum anda onları açık seçik görüyordum. Sanki bir sürüsü ölgün ışıkta, sık yeşilliğin incecik yaprakları arasında sürünerek bir oraya bir buraya gidiyordu.

Dünyanın üstüne çökmüş olan o dayanılmaz kasveti tarif edemem. Göğün doğudaki kızıllığı, kuzeydeki karanlığı, tuzlu Ölü Deniz,[50] o iğrenç, uyuşuk canavarlardan geçilmeyen taşlık kumsal, likensi bitkilerin zehirli gibi görünen tekdüze yeşili, insanın ciğerlerini yakan oksijeni azalmış hava; bütün bunlar dehşet verici bir etki uyandırıyordu. Yüz yıl daha ileriye gittim, yine aynı kızıl güneş –yalnızca biraz daha büyük, biraz daha solgun– aynı ölmekte olan deniz, aynı ürpertici hava, yeşil yabanotları ve kızıl kayalar arasında bir oraya bir buraya sürüneduran aynı sevimsiz eklembacaklı kabuklular sürüsü vardı. Gökyüzünün batısında kocaman bir yeniayı andıran soluk bir eğik çizgi gördüm.

Böylece, dünyanın yazgısının gizinin ardına düşüp, göğün batısında güneşin gittikçe büyümesi ve fersizleşmesini, yaşlı dünyanın yaşamının yavaş yavaş yitip gitmesini tuhaf bir büyülenmişlik içinde izleyerek, yolculuğumu bir daha hiç durmaksızın, bin yıllık ya da daha büyük adımlarla sürdürdüm. En sonunda, bundan otuz milyondan fazla bir zaman sonra, güneşin koskocaman kıpkızıl kubbesi karanlığa gömülmüş göğün nerdeyse onda birini örtüyordu artık. Sonra bir kez daha durdum, çünkü her yeri dolduran yengeç sürüleri yok olmuştu, kızıl kumsalda da soluk yeşil koyunotları ve likenleri saymazsak hiçbir yaşam belirtisi kalmamıştı. Artık beyaz beneklerle kaplıydı. Yakıcı bir soğuk iliklerime işliyordu. Beyaz kar tanecikleri aralıklı da olsa durmadan burgaçlanarak düşüyordu. Kuzeydoğuya doğru, kar örtüsü kasvetli göğün yıldız ışıkları altında ışıl ışıl uzanıyor, tozpembe tepeciklerin dalgalı sırtlarını görebiliyordum. Deniz kıyısı boyunca buz saçakları uzanadursun, daha uzaklarda buz kütleleri sürükleniyordu; ama bu tuz okyanusunun sonsuz günbatımında boydan boya kan kırmızı büyük bölümü henüz donmamıştı.

Hayvan yaşamından bir iz bulurum umuduyla çevreme baktım. Anlatılması zor bir sezgi beni hâlâ makinenin selesinde tutuyordu. Ama yeryüzünde, gökte ya da denizde kımıldayan hiçbir şey göremedim. Yaşamın tümden son bulmamış olduğunun biricik kanıtı, kayaların üstündeki yeşil sümüksü örtüydü. Denizde sığ bir kumla belirmiş, sular kumsaldan çekilmişti. Kumlanın çevresinde çırpınan kara bir nesne görür gibi oldum, ama ben bakarken öyle kaldı, ben de gözümün beni yanılttığı, o kara nesnenin bir kayadan başka bir şey olmadığı sonucuna vardım. Gökteki yıldızlar çok parlaktı ve usul usul göz kırpar gibiydiler.

Birden, güneşin batıya bakan dairesel dış çevresinin değiştiğini; kaviste bir çukurluğun, bir oyuğun belirdiğini fark ettim. Bunun gittikçe genişlediğini gördüm. Yavaş yavaş gündüzün üstüne yürümekte olan bu karanlığa bir dakika kadar şaşkınlık içinde bakakaldım, çok geçmeden de bir güneş tutulmasının başlamakta olduğunun ayırdına vardım. Ya ay ya da Merkür gezegeni güneş diskinin önünden geçiyordu. İlk başta doğal olarak ay olduğunu sanmıştım, ama gördüğümün aslında bir iç gezegenin dünyanın çok yakınından geçişi olduğunu düşünmek çok daha akla yatkın olsa gerek.

Karanlık hızla yayıldı; doğudan gittikçe sertleşen atılımlarla soğuk bir rüzgâr esmeye başladı, atıştırmakta olan beyaz tanecikler de çoğaldı. Denizin kıyısından bir şıpırtı, bir hışırtı geliyordu. Bu ölgün seslerin dışında dünya suspus olmuştu. Suspus? O suskunluğu tarif edebilmem zor. Tüm insan sesleri, koyun melemeleri, kuş çığlıkları, böcek vızıltıları, yaşamlarımızın artalanını oluşturan tüm o dağdağa son bulmuştu. Karanlık bastırdıkça, havada burgaçlanarak uçuşan kar tanecikleri gittikçe çoğalarak gözlerimin önünde dans eder oldular; hava da iyice ayazladı. En sonunda, uzaklardaki tepelerin beyaz dorukları birbiri ardı sıra hızla karanlığa gömüldü. Rüzgâr iniltili bir yele döndü. Güneş tutulmasının siyah gölgesinin bana doğru sürüklendiğini gördüm. Bir anda görünürde yalnızca soluk yıldızlar kaldı. Geri kalan her şey ışıksız bir belirsizlikte kayboldu. Gökyüzü kapkaranlıktı.

Bu uçsuz bucaksız karanlığın yılgısı üstüme çöktü. İliğime işleyen soğuk ve nefes alırken çektiğim acı beni çaresiz bıraktı. Bir titreme geldi, feci bir mide bulantısı bastırdı. Derken, gökyüzünde kıpkızıl bir yay gibi güneşin çeperi belirdi. Biraz toparlanayım diye makineden indim. Başım dönüyordu ve dönüş yolculuğunu kaldıramayacakmışım gibi geliyordu. Bulantım hâlâ sürerken orada şaşkına dönmüş bir halde duruyordum ki, denizin kızıl sularında sığlığın üzerinde hareket eden şeyi yine gördüm – hareket eden bir şey olduğundan artık kuşkum kalmamıştı. Bir futbol topu büyüklüğünde, belki biraz daha büyük, yuvarlak bir şeydi, gövdesinden dokunaçlar sarkıyordu, oynaşan kan kırmızı sularda kapkara görünüyor, ikide bir sıçrayıp duruyordu. Derken bayılacak gibi oldum. Ama o sapa ve ürkünç alacakaranlıkta umarsızca yatıp kalmanın yüreğime saldığı dehşet beni ayakta tuttu ve makinenin selesine tırmandım."

XV. Zaman Gezgini'nin Geri Dönüşü

"Böylece geri döndüm. Herhalde makinenin üstünde uzun süre baygın kalmıştım. Günler ve gecelerin hızla birbirini izleyişi kaldığı yerden sürüyordu, güneş yeniden altın rengini almış, gökyüzü yeniden maviye dönmüştü. Çok daha rahat nefes alıyordum. Karanın çevre çizgileri kabarıp alçalıyordu. Kadranların ibreleri geriye doğru fırıl fırıl dönüyordu. En sonunda evlerin belli belirsiz gölgelerini, çürümüş insanlığın izlerini yeniden gördüm. Bunlar da değişti, geçip gitti ve yerlerini başkaları aldı. Çok geçmeden, milyon yılları gösteren kadran sıfıra vurduğunda hız kestim. Bizim küçük, tanıdık mimarimizi ayırt etmeye başladım, bin yılları gösteren ibre başlangıç noktasına dönmüştü, geceler ve günler birbirini gittikçe daha yavaş kovalar oldu. Derken laboratuvarın eski duvarları çevremi aldı. İşte o vakit mekanizmayı usul usul yavaşlattım.

Bana garip gelen küçük bir şey gördüm. Sanırım, yola çıktığımda, hızım henüz çok yükselmemişken, odanın içinde yürüyen Bayan Watchett'ın bana roket gibi gidiyormuş gibi geldiğini sizlere anlatmıştım. Geri döndüğüm sırada, Bayan Watchett'ın laboratuvarın bir ucundan öbür ucuna gittiği o dakikanın yeniden içinden geçtim. Ama bu sefer sanki her hareketi daha öncekilerin tam tersine gibiydi. Karşıdaki kapı açıldı, sessizce laboratuvardan içeri süzülüp kayarcasına gerisingeri gitti ve daha önce girmiş olduğu kapıdan çıkıp kayboldu. Bundan hemen önce bir an Hillyer'ı[51] görür gibi oldum; ama şimşek gibi geçti gitti.

Az sonra makineyi durdurdum ve kendimi yeniden o bildiğim eski laboratuvarın ortasında buldum; aletlerim, aygıtlarım bıraktığım gibi duruyordu. Makineden sendeleyerek inip sıraya oturdum. Dakikalarca zangır zangır titredim. Derken sakinleştim. Yine eski atölyemdeydim, nasıl bıraktıysam öyle duruyordu. Sanki orada uyuyakalmıştım da, tüm olup biteni rüyamda görmüştüm.

Oysa pek öyle sayılmazdı! Makine laboratuvarın güneydoğu köşesinde çalışmaya başlamıştı. Kuzeybatıda, onu görmüş olduğunuz duvarın önünde de durmuştu. Aradaki mesafe, tam olarak benim o küçük çimenlikten Morlock'ların makinemi taşıdıkları Beyaz Sfenks'in kaidesine kadar olan mesafedir.

Bir süre beynim durdu. Biraz sonra yerimden kalktım, topuğumun ağrısı geçmediği için hafifçe topallayarak koridoru geçip buraya geldim, kendimi feci kirli hissediyordum. Kapının yanındaki masanın üstünde duran *Pall Mall Gazette*'i[52] gördüm. Tarihin gerçekten de bugün olduğunu fark ettim, saate bakınca da sekize geldiğini gördüm. Sizin seslerinizi ve tabak seslerini duydum. Bir an durdum – kendimi çok düşkün ve bitkin hissediyordum. Derken, burnuma etin nefis kokusu geldi ve kapıyı açıp içeri girdim. Gerisini biliyorsunuz. Yıkandım, yemeğimi yedim, şu anda da size hikâyeyi anlatıyorum."

XVI. Hikâyeden Sonra

"Biliyorum," dedi bir an duraksadıktan sonra, "bütün bunlar size tümüyle inanılmaz gelebilir, ama bana inanılmaz gelen bir şey varsa o da bu gece burada, bu eski bildik odada sizin dost yüzlerinize bakıyor ve sizlere bütün bu garip serüvenleri anlatıyor olmam." Hekim'e baktı. "Hayır. Sizden buna inanmanızı bekleyemem. Bir yalan olarak kabul edin – ya da bir kehanet. Atölyede rüya gördüğümü varsayın. Soyumuzun başına gelecekler üstüne tahminler yürüttüğümü, sonunda da bu hikâyeyi uydurduğumu düşünün. Hikâyemin doğruluğunu savunayım derken, daha ilginç kılmak için ona biraz yaratıcılık kattığımı düşünün isterseniz. Hepsi tamam, ama anlattıklarımı bir hikâye olarak nasıl buldunuz?"

Piposunu çıkardı, her zamanki edasıyla şöminenin ızgarasına sinirli sinirli vurdu. Bir an bir sessizlik oldu. Sonra koltuklar gıcırdamaya, ayakkabılar halıya sürtünmeye başladı. Gözlerimi Zaman Gezgini'nin yüzünden ayırıp dinleyicilerine şöyle bir göz attım. Karanlıkta kalmışlardı, önlerinde renkli benekler geziniyordu. Hekim ev sahibimizle ilgili derin düşüncelere dalıp gitmiş gibiydi. Yayın Yönetmeni dikkatle purosunun ucuna bakıyordu – altıncı puroydu.

Gazeteci cebinde saatini arandı. Öbürleri, anımsadığım kadarıyla, hiç kımıldamadan oturuyorlardı.

Yayın Yönetmeni göğüs geçirerek ayağa kalktı. Elini Zaman Gezgini'nin omzuna koyarak, "Siz öykü yazarı olacakmışsınız!" dedi.

"İnanmıyorsunuz, değil mi?"

"Doğrusu—"

"Biliyordum."

Zaman Gezgini bize döndü. "Nerede şu kibritler?" dedi. Bir kibrit yaktı, piposunu tüttürerek konuştu: "Doğrusunu isterseniz... Bana da pek inandırıcı gelmiyor... Yine de..."

Gözü, sessiz bir sorunun yanıtını ararcasına, küçük masanın üstündeki solmuş beyaz çiçeklere kaydı. Sonra piposunu tuttuğu elinin tersini çevirdi, parmak eklemlerindeki henüz tam olarak iyileşmemiş yaralara baktığını gördüm.

Hekim yerinden kalktı, lambanın önüne gelip çiçekleri gözden geçirdi. "Bunların ginekeum'u[53] bir tuhaf," dedi. Ruhbilimci eğildi, elini uzatıp bir örneğe baktı.

Gazeteci, "Bire çeyrek kalayı geçirdiysek hapı yuttum," dedi. "Eve nasıl döneceğiz?"

"İstasyonda bir sürü araba var," dedi Ruhbilimci.

"Tuhaf bir şey," dedi Hekim; "ama bu çiçeklerin hangi botanik cinsten olduğu konusunda en küçük bir fikrim yok. Alabilir miyim?"

Zaman Gezgini bir an duraksadı. Sonra birden, "Hayır, asla," deyiverdi.

"Sahi, bunları nereden buldunuz?" dedi Hekim.

Zaman Gezgini elini başına götürdü. Aklından kayıp giden bir düşünceyi yakalamaya çalışıyormuş gibi konuşuyordu. "Zamanda yolculuk yaptığımda Weena cebime koymuştu onları." Odaya göz gezdirdi. "Bütün bunlara akıl erdiremiyorum. Bu oda, sizler, içinde bulunduğum durum belleğimin gücünü aşıyor. Sahiden bir Zaman Makinesi yaptım mı, yoksa yalnızca bir Zaman Makinesi maketi mi yaptım? Yoksa bütün bunlar bir rüyadan başka bir şey değil mi? Hayat bir rüyadır derler, hem de çok berbat bir rüya – ama iyi gelmeyecek bir rüyaya daha dayanamam. Delirtir adamı. Peki, bu rüya nereden çıktı? ... Şu makineye bir bakmalıyım. *Varsa* tabii!"

Lambayı kaptığı gibi uçuşan kızıllığında kapıyı açıp koridora daldı. Biz de arkasından. Lambanın titrek ışığında makine gerçekten de oradaydı, güdük, çirkin ve eğri büğrü, pirinç, abanoz, fildişi ve yarısaydam parlak kuvarstan oluşan bir şey. Somut, elle tutulur bir cisimdi – çünkü elimi uzatıp parmaklığına dokundum; fildişi bölümlerin üstünde kahverengi izler ve lekeler, alt bölümlerde çimen ve yosun parçacıkları görülüyordu, parmaklıklardan biri eğrilmişti.

Zaman Gezgini lambayı sıranın üstüne bırakıp eliyle hasarlı parmaklığı yokladı, "Şimdi oldu," dedi. "Sizlere anlattığım hikâye doğruymuş. Sizi bu soğuk yere getirdiğim için özür dilerim." Lambayı aldı ve hiç konuşmadan sigara odasına geri döndük.

Bizimle hole kadar geldi, Yayın Yönetmeni'nin paltosunu tuttu. Hekim, yüzüne baktıktan sonra biraz çekinerek sürmenaj geçirdiğini söyleyince bir kahkaha attı. Kapının ağzından seslenerek iyi geceler dilediğini anımsıyorum.

Yayın Yönetmeni'yle birlikte bir arabaya bindik. Hikâyenin "kuyruklu bir yalan" olduğu kanısındaydı. Oysa ben bir sonuca varamamıştım. Hikâye ne denli akıl almaz ve inanılmazsa, anlatılışı o ölçüde inandırıcı ve akla yatkındı. Nerdeyse bütün gece uyku tutmadı, bunu düşündüm durdum. Ertesi gün gidip Zaman Gezgini'ni yeniden görmeye karar verdim. Laboratuvarda olduğu söylenince elimi kolumu sallayarak oraya gittim. Ama laboratuvarda kimse yoktu. Bir süre Zaman Makinesi'ne baktım, elimi uzatıp kumanda koluna dokundum. Dokunmamla, sağlam görünen güdük yığın rüzgârda salınan bir dal gibi bir o yana bir bu yana gitti geldi. Dengesizliği beni o kadar irkiltti ki, tuhaf bir biçimde burnumu her işe sokmamamın tembihlendiği çocukluk günlerim geldi aklıma. Koridordan geçip geri döndüm. Zaman Gezgini beni sigara odasında karşıladı. Evden geliyordu. Bir kolunun altında bir fotoğraf makinesi, öbür kolunun altında da bir sırt çantası vardı. Beni görünce güldü ve sıkmam için kolunu uzattı. "İçerideki şey yüzünden başımı kaşıyacak vaktim yok," dedi.

"Yoksa bu bir hile değil mi?" dedim. "Gerçekten zamanda yolculuğa çıkıyor musunuz?"

"Gerçekten, inan olsun çıkıyorum." İçtenlikle gözlerimin içine baktı. Bir an duraksadı. Bakışları odanın içinde gezindi. "Bana sadece yarım saat verin," dedi. "Niçin geldiğinizi biliyorum, çok da iyi ettiniz. Burada birkaç dergi var. Öğle yemeğine kalırsanız, bu zaman yolculuğu denen şeyi örnekler göstererek tümüyle kanıtlayacağım size. Şimdi lütfen bana izin verir misiniz?"

Sözlerinin ne anlama geldiğini o sırada tam olarak anlamadan, gitmesine izin verdim, o da kafa sallayıp koridorda kayboldu. Laboratuvarın kapısının çarparak kapandığını duydum, bir koltuğa oturup bir gazete aldım. Acaba öğle yemeğine kadar ne yapacaktı? Sonra birden gazetedeki bir ilandan yayıncı Richardson'la saat ikide randevum olduğunu anımsadım. Saatime baktım, randevuya ucu ucuna yetişebilecektim. Yerimden kalktım, Zaman Gezgini'ne haber vermek için koridoru geçtim.

Tam elimi kapının kulpuna atmıştım ki, garip biçimde kesiliveren bir haykırış duydum, ardından bir şey çat etti ve bir şey pat diye düştü. Kapıyı açınca çevremde ani bir hava akımı dolandı ve içeriden yere düşüp kırılan bir cam sesi duyuldu. Zaman Gezgini orada değildi. Bir an fırıl fırıl dönen bir siyah ve pirinç yığını içinde oturan hayalet gibi, hayal meyal bir bedeni görür gibi oldum – üstünde çizim kâğıtlarının durduğu arkasındaki sırayı apaçık gösterecek kadar saydam bir beden; ama bu hayal ben daha gözlerimi ovuştururken gözden yitti. Zaman Makinesi gitmişti. Laboratuvarın öbür tarafında, yere çökmüş bir toz yığını dışında hiçbir şey yoktu. Anlaşılan, çatı penceresinin çerçevesi az önce içeri göçmüştü.

Mantıksız bir şaşkınlığa kapılmıştım. Bir tuhaflık olduğunun farkındaydım, ama o sırada bu tuhaflığın ne olduğunu çıkaramıyordum. Orada bakakalmışken, bahçeye açılan kapı aralandı ve uşak belirdi.

Birbirimize baktık. Derken, aklımdan bir şeyler geçmeye başladı. "Bay — buradan mı çıktı?" diye sordum.

"Hayır, efendim. Buradan çıkan olmadı. Ben de onu burada bulacağımı sanıyordum."

O zaman anladım. Richardson'ı düşkırıklığına uğratmayı göze alarak orada kalıp Zaman Gezgini'ni bekledim: Daha da tuhaf olabilecek ikinci hikâyeyi, Zaman Gezgini'nin yanında getireceği örnekleri ve fotoğrafları beklemeye koyuldum. Ama korkarım artık bir ömür boyunca beklemem gerekecek. Zaman Gezgini ortadan kaybolalı üç yıl oldu. Artık herkesin bildiği gibi de o gün bugündür geri dönmedi.

Sonsöz

Merak etmemek olanaksız. Acaba bir daha geri dönecek mi? Geçmişe sürüklenmiş, Cilasız Taş Çağı'nın kan içici, tüylü vahşilerinin arasına; Kretase Dönemi denizinin diplerine; ya da kertenkele türünden azman yaratıkların, Jura Dönemi'nin dev sürüngenlerinin arasına düşmüş olabilir. Dahası, –deyim yerindeyse– şimdi plesiosaurus'lardan geçilmeyen oolitli bir mercan kayalığının üzerinde ya da Triasik Devrin ıssız, tuzlu denizlerinin kıyısında dolaşıyor da olabilir.[54] Yoksa geleceğe, insanların hâlâ insan olduğu, ama günümüzün bilmecelerinin yanıtlandığı, bıktırıcı sorunların çözüldüğü daha yakın bir çağa mı gitti? İnsan soyunun erişkinlik çağına mı? Çünkü ben kendi payıma, deneyimlerin yetersiz kaldığı, kuramların bölük pörçük olduğu, karşılıklı uyumsuzluğun sürdüğü bugünlerin insanlığın doruğu olduğunu düşünemiyorum! Kendi payıma diyorum. Zaman Gezgini'nin İnsanlığın Gelişimi'ne hiç de iyimser bir gözle bakmadığını ve durmadan büyüyen uygarlığı önünde sonunda yaratıcılarının üstüne yıkılıp onları yok edecek bir ahmaklık yığını olarak gördüğünü biliyorum – çünkü bu sorunu Zaman Makinesi'nin yapılmasından çok önce aramızda tartışmıştık. Madem böyle, o zaman böyle değilmiş gibi yaşamaktan başka çaremiz yok. Ama gelecek benim için hâlâ kapkaranlık ve bomboş – Zaman Gezgini'nin anlattığı hikâyeyi anımsadıkça birkaç yeri azıcık aydınlanan uçsuz bucaksız bir bilinmezlik. Şimdi yanımda, artık kırışmış, kararmış, yassılmış ve kurumuş olsalar da beni avutan, akıl ve güç yitip gittiği zaman bile değerbilirlik ve karşılıklı sevecenliğin insanoğlunun yüreğinde yaşamayı sürdürdüğüne tanıklık eden iki tuhaf beyaz çiçek var.

Enfield Town Library
36 Church Street
Enfield
EN2 6AX
Phone:020 8379 8341
Fax: 020 8379 8331

Borrowing

Ural, Aydeniz (Mr)

Title: Hawking-Aforizmalar

Borrowed Until: 9120000381606

Fee: 13/6/2023,23:59

Title: Kapak kizi

Borrowed Until: 9120000729174

Fee: 13/6/2023,23:59

Title: Zaman makinesi

Borrowed Until: 9120000384831

Fee: 13/6/2023,23:59

Total Borrowing: 3
23/05/2023 12:00:20

Thank you and see you soon

Çevirmenin Notları

1 Şair, eleştirmen ve İngiltere'de Victoria çağının son döneminin en saygın editörlerinden William Ernest Henley (1849-1903), Wells'in öyküsünü editörü olduğu *National Observer* dergisinde 1894 yılının Mart ve Haziran ayları arasında tefrika etmişti. Henley, 1894 sonlarında *New Review* dergisinin editörü olduğunda, Wells'e öykünün değişik bir yazımını sipariş etmiş ve bu metin de 1895'in Ocak ve Haziran ayları arasında tefrika edilmişti. Wells, öykünün kitap olarak basımı için metinde daha başka değişiklikler de yapmış ve kitap 1895 Mayısında William Heinemann tarafından basılmıştı.

2 "Gümüş zambaklar", elektrik lambalarına takılı zambak biçimindeki donatılar da olabilir, Zaman Gezgini'nin gümüş çatal bıçak takımına işlenmiş zambak desenleri de.

3 Kanada asıllı ABD'li astronom ve matematikçi Simon Newcomb (1835-1909), 1893'te New York Matematik Derneği'nin yıllık toplantısında, dört boyutlu bir geometri oluşturmanın mümkün olduğunu ileri sürmüş, sonra da bu görüşü reddetmişti.

4 Normandiya Dükü William'ın 1066'da İngiltere Kralı II. Harold'ı yenilgiye uğrattığı çarpışma, İngiltere'de Anglosakson dönemini sona erdirmiş, Norman egemenliğinin başlangıcı olmuştur. Britanya tarihinin en önemli çarpışması olduğu söylenir.

5 Eski Yunancanın doğru bir biçimde telaffuz edilmesi, on dokuzuncu yüzyıl boyunca hararetli bir tartışma konusu olmuştu. 1890'lara gelindiğinde Alman bilginler klasik çağ çalışmalarında başı çekiyorlardı. Burada, Alman bilginler Homeros ve Platon'un telaffuzunu da düzeltirlerdi gibisinden bir espri yapılıyor.

6 "Paranın geçmeyeceği bir toplum" anlamında.

7 İngiltere'nin orta kesimindeki Staffordshire ilinde bir kent.

8 1788'de ünlü İsveçli botanikçi Carolus Linnaeus (1707-1778) adına kurulan Linnaean Derneği, Londra'nın en seçkin bilim kurumlarından biriydi. Charles Darwin, doğal ayıklanma kuramının ilk sunumunu 1858 Temmuzunda bu dernekte yapmıştı.

9 Almanya'da, Stuttgart yakınlarında bir üniversite kenti.

10 Londra'nın güneybatısında Thames ırmağının iki yakasında, yeşil alanları ve ilginç yapılarıyla ünlü bir banliyö.

11 Eski Ahit'te, Babil kralı Nabukadnezar Tanrı tarafından cezalandırılır ve yedi yıl bir hayvan gibi yaşamak zorunda bırakılır. Yayın Yönetmeni burada alaycı bir dille Zaman Gezgini'nin iki farklı yaşam sürdüğünü söylemek istiyor.

12 Rosebery Kontu'nun (1847-1929) 1894 Martında İngiltere başbakanı olması, bu yemeğe katılanlar için gelecekte meydana gelecek, ama Wells'in *New Review* dergisinde yayımlanmış öyküsünün ilk okurları için geçmişte kalmış bir olaydı. (Rosebery Kontu'na gönderme, öykünün daha önce *National Observer* dergisinde yayımlanmış versiyonunda yer almıyordu.) Rosebery aynı zamanda ünlü bir at yetiştiricisiydi; o yüzden, Yayın Yönet-

meni burada at yarışı bahislerine de gönderme yapıyor olabilir. Rosebery Kontu'nun atları 1894 ve 1895 yıllarında büyük bahislerin oynandığı birçok yarış kazanmıştı.

13 Protein.

14 Uydurma bir popüler kadın oyuncu ya da müzikhol sanatçısı olsa gerek.

15 Zaman Gezgini'nin hizmetçisi.

16 Wells'in elyazmasında, bu cümlenin yanına Alfred Tennyson'ın *Anısına* (1850) adlı ünlü şiirinin CXXIII. bölümünden dizeler not düşülmüş. Bu cümle, şu dizeleri dolaylı da olsa çağrıştırıyor ve havasını yansıtıyor: "Tepeler hayal meyal akıp giderken / Biçimden biçime giriyorlar; / Kaskatı topraklar bir sis gibi erirken, / Birer bulut olup geçip gidiyorlar."

17 Eski Mısır ve Yunan kültürlerinde insan başlı, kanatlı aslan gövdeli mitolojik yaratık.

18 Altın Çağ, klasik mitologyada, insan toplumunun kaygı ve zorluk nedir bilinmeyen ilk ve en mutlu çağıdır.

19 Eski Yunan alfabesinin, İÖ sekizinci ve altıncı yüzyıllar arasında Akdeniz'in önde gelen kültürlerinden birini oluşturan Fenikelilerin alfabesinden türediği sanılmaktadır. Fenikelilerin hayli gelişmiş fildişi ve ahşap oymacılığı bezemelerinde stilize insan ve hayvan figürleri, ejderha ve sfenks gibi efsanevi yaratık betimleri görülür.

20 Soyu kabaca 140 milyon yıl önce tükenmiş olan bir deniz sürüngeni. Yunusbalığına benziyordu.

21 Aslan gövdeli, kartal başlı ve kanatlı mitolojik yaratık.

22 Ay, şişkin evresinde yarımay ile dolunay arasındadır; aynı anda hem şişkin ay evresinde hem de dolunay evresinde olamaz. O yüzden, burada Zaman Gezgini ayın dolunay evresine yaklaştığını söylemek istiyor olabilir.

23 Bakırtaşı olarak da bilinir.

24 Wells'in de dostu olan Grant Allen (1848-1899) popüler bir romancı ve deneme yazarıydı.

25 Charles Darwin'in ikinci oğlu George Howard Darwin (1845-1912), döneminin en ünlü astronom ve matematikçilerinden biridir. Ay'ın önceleri Yer'in bir parçası olduğu, daha sonraları koparak uydu durumuna geldiği yolundaki kuramıyla ve gelgitlerin Yer-Ay sistemindeki etkileri üstüne araştırmalarıyla tanınır. Ay'ın henüz katılaşmamış haldeki Yer yüzeyinden Güneş'in çekim etkisiyle kopan maddelerden oluştuğu yolundaki kuramı geliştirmişse de, günümüzde bu kuram artık geçerliliğini yitirmiştir.

26 "Lemur" burada ikili bir anlam taşıyor olabilir. Lemurlar, Roma dininde ölülerin kötü ve korkunç hayaletleridir. Garip ve ürkütücü biçimlere bürünerek ortaya çıkan bu hayaletlerin, hayatta olan akrabalarına zarar verdiğine inanılırdı. Ama lemur aynı zamanda küçük, gececil bir memelidir; Charles Darwin, lemurun, insanların uzak primat atalarından biri olduğunu ileri sürmüştür.

27 Kentucky'deki Mamut Mağarası'nın güneş almayan göllerinde yaşayan sazanlar beyaz değil soluk renklidir ve kördür.

28 Londra'nın Doğu Yakası'ndaki kenar mahallelerde sefalet içinde yaşanı-

yor, bu bölgedeki işçilerin çoğu bodrum katlarında yer alan ilkel işyerlerinde ağır koşullarda çalışıyorlardı.

29 Coombe (Combe değil) Wood kasabası, Zaman Gezgini'nin oturduğu Richmond'a yaklaşık beş buçuk kilometre uzaklıktadır. Coombe Wood'un altı buçuk kilometre kadar güneydoğusunda Barnstead ilçesinin dolayları bir dizi tepeden oluştuğu için oradan görülebilmektedir.

30 George Eastman'ın (1854-1932) 1888'de piyasaya sunduğu rulo film alan taşınabilir fotoğraf makinesi, *Zaman Makinesi*'nin yayımlandığı 1895 yılında hâlâ büyük bir yenilik sayılıyordu.

31 İmparator Charlemagne'ın (742-814) soyundan gelen ve ortaçağ başlarında Batı Avrupa'yı yöneten Karolenj hanedanından krallar zayıf hükümdarlar olarak bilinirlerdi.

32 Zaman Gezgini'nin evinin bulunduğu Richmond'ın yaklaşık sekiz kilometre güneydoğusunda.

33 Eski Roma'da nitelikleri Eski Yunan tanrısı Pan'la özdeşleştirilen, yarı insan yarı keçi kır ve orman tanrısı. Pek çok yerde kösnüllükle bağlantılandırılır.

34 Sirius ya da Akyıldız, geceleri gökyüzünde en çok parlayan çiftyıldızdır.

35 Buradaki "bir parlak gezegen", bizde Zühre olarak da bilinen Venüs.

36 İskoç tarihçi ve deneme yazarı Thomas Carlyle'ın (1795-1881) yapıtlarında, özellikle de *Sartor Resartus*, *Fransız Devrimi* ve *Geçmiş ve Bugün* adlı kitaplarında Avrupa aristokrasisinin çöküşünü alaya alıp aşağılayan bölümler vardır.

37 Londra'nın Thames ırmağının güneyine düşen bölgeleri.

38 Yerde yaşayan soyu tükenmiş tembelhayvanların en irilerini içeren memeli cinsi. Dev Yer Tembelhayvanı da denir. Güney Amerika'da Senozoyik (Yakın) Zamanda (65 milyon yıl öncesinden günümüze) soy çizgilerinden büyük ölçüde ayrılarak başarılı bir evrimsel dallanma süreci geçiren bu grup üyeleri yaklaşık günümüz fillerinin boyutundaydı. Pleyistosen Bölümde (1,6 milyon – 10 bin yıl önce) soylarının tükenmesinden hemen önce, Kuzey ve Güney Amerika kıtalarını birbirine bağlayan kara köprüsünden Kuzey Amerika'ya geçtiler.

39 Tüm çağların en büyük kara hayvanlarından biri olan dev yapılı, otçul dinozor cinsi. Günümüzde Apatosaurus diye adlandırılıyor. Fosilleri Avrupa ve Kuzey Amerika'daki Geç Jura Dönemi çökellerinde bulunur (163-144 milyon yıl önce).

40 Londra'nın Güney Kensington ilçesi, bugün olduğu gibi o zaman da müzeleriyle ünlüydü. Bu müzeler arasında Jeoloji Müzesi, Bilim Müzesi ve Doğa Tarihi Müzesi sayılabilir.

41 Büyük Britanya'nın en eski ve en saygın bilim derneği Royal Society'nin (Kraliyet Derneği) 1665'ten bu yana yayımladığı süreli yayın. *Felsefi Tutanaklar* diye çevrilebilir.

42 Fiziksel optiğin konusunu ışığın yapısı ve niteliği oluşturur.

43 Bir İskoç baladı. "The Land o' the Leal", İskoçların öbür dünya, daha çok da cennet anlamında kullandıkları bir deyimdir.

44 Hepsi de çok canlı ve hareketli danslar.

45 Çok eski zamanlardan beri tütsü ve ilaç olarak da kullanılmış, beyaz mumsu, katı, uçucu ve kolay tutuşur bir madde.

46 Soyu tükenmiş kafadanayaklılar grubu. Belemnitler, günümüzdeki mürekkepbalığı ile ahtapotun ataları sayılırlar.

47 Mürekkepbalığının kendini korumak için salgıladığı sıvıdan elde edilen kahverengi boyarmadde. Rönesans'ta yaygın bir çizim malzemesi olarak kullanılmaya başlamıştı.

48 Wells, bir kez daha, Charles Darwin'in oğlu İngiliz astronom George Howard Darwin'in gelgitlerle ilgili çalışmasından yararlanıyor. Darwin, güneş ve ayın birleşik yerçekimi kuvvetinin yol açtığı "gelgit sürtünmesi"-nin en sonunda dünyanın dönmesini durduracağını ileri sürmüştü.

49 Algler ve mantarların ortakyaşamları sonucu oluşan bitki benzeri organizmalar.

50 Bugünkü İsrail ile Ürdün arasında, deniz düzeyinin 400 metre altında yer alan Ölü Deniz ya da Lût Gölü'nün sularının aşırı tuzlu olması, bakteriler dışında bitki ve hayvan varlığına olanak tanımaz.

51 Hillyer, romanın başka hiçbir yerinde adı geçmemesine karşın, birçoklarınca *Zaman Makinesi*'nin çerçeve hikâyesinin anlatıcısı olarak kabul edilir. Ama Hillyer, bir sonraki bölümün sonlarına doğru kısa bir süre ortaya çıkan uşağın adı da olabilir.

52 1890'ların ortalarında Londra'da çıkan ve Wells'in sık sık yazdığı bir akşam gazetesi.

53 Bir çiçekte bulunan dişi organların tümü.

54 Anlatıcı burada Zaman Gezgini'nin önce insan gelişmesinin en eski evrelerine, yaklaşık 2 milyon yıl önceki Cilasız Taş Çağı'na gittiğini, sonra da daha da gerilere, dünyanın Mesozoik çağının üç jeolojik dönemine (kabaca 145-65 milyon yıl öncesini kapsayan Kretase Dönemi, kabaca 200-145 milyon yıl öncesini kapsayan Jura Dönemi ve kabaca 250-200 milyon yıl öncesini kapsayan Triasik Dönem) gittiğini hayal ediyor. Burada sözü edilen "kertenkele türünden azman yaratıklar", dinozorlar olsa gerek. Oolit ise, soyu tükenmiş bir deniz sürüngeni olan plesiosaurus'lar gibi deniz canlılarının fosillerinin bulunduğu bir kireçtaşı.